家族終了

酒井順子

集英社文庫

目次

家族終了

はじめに

かねて病気療養中だった兄が他界したことによって、私にとって「家族」だった人が全員、いなくなりました。自分が生まれ育った家族のことを「生育家族」、結婚などすることによってつくった家族を「創設家族」というそうですが、生育家族のメンバーが自分以外全て、世を去ったのです。

私は、

「家族って、終わるんだな……」

と、思ったことでした。兄は妻と一人の娘を遺しましたが、彼女達は兄の創設家族のメンバー。私にとっての生育家族ではありません。そして私は、同居人(男)はいるものの婚姻関係は結んでいませんし、子供もいない。「家族終了」の感、強し。

私が三十代の時に父が、四十代の時に母が他界した後に、生育家族で残されたメンバーは、兄と私。きょうだいというものは、成長するにつれて次第に他人めいてくるのが世の常です。兄と私も、仲が悪くはないものの特別に仲良しだったわけでもなく、必要最低限のやりとりをする程度でした。あえて、

「私達が育った家族ってさ……」

などと、生育家族について語り合うようなこともなく、時は流れた。

しかし兄がいなくなってみると、兄の不在は私にとって、我が生育家族の消滅と同じ意味を持つことに気づきました。

「うちの肉じゃがって、牛肉だったたっけ？　豚肉だったたっけ？　ていうかそもそも、肉じゃがって食べたことあった？」

とか、

「なんでうちって、お年玉っていう風習が無かったの？　ケチだったたから？　それとも何かのポリシー？」

といった、どうでもいいことながらちょっと気になる家族の疑問を訊《き》く相手が、もういない。我が生育家族の記憶は、私の貧弱な海馬《かいば》にしか、存在しなくなったのです。

子供がいる人であれば、自分の創設家族の中に、生育家族の記憶を注入するこ

とによって、家族の魂をつないでいくのでしょう。自分の母親が作ったようなハンバーグを自分の子供にも食べさせて、家庭の味をつなげていく。はたまた、言葉遣いやら行儀作法に教育方針、そしてタオル交換の頻度や年越し蕎麦をどのタイミングで食べるかといった細かな風習も、配偶者とすり合わせをしつつ、自らの創設家族に受け継いでいくのだと思う。

しかし私は創設家族を持たないわけで、家族の記憶は、私をもって、絶たれることになります。兄の娘はまだ幼く、兄がその体内に持っていた生育家族の記憶を、さほど受け継いでいるわけでもなかろう。私が死ぬ時に、私の中だけで温めていた家族の記憶も完全に無くなるのだなぁ。

……と思うわけですが、ではそれが悲しかったり寂しかったり無念だったりするかといえば、「別にそうでもない」のでした。そうなってしまったものは、もう仕方がない。名家であるわけでもなければ、特殊な技能や看板を受け継ぐ家でもないのであるからして、消えていってもどうということは無いなぁ、と。

そして今、日本では、このような感覚を持つ人が少なからぬ数で存在しています。「家族終了」の現場に立ちつつも、家族の記憶が消えていくことにさほどの痛痒《つうよう》を感じない私のような人がたくさんいるからこそ、日本の人口は減っていくのです。

日本人はもともと、「所属」という行為に幸福感を見出していたのだと思います。職場の一員、地域の一員といった、何らかの団体の構成員であることが、つながなく生きていくための基本条件。中でも、生きていくために最も大切なのが、家族という団体に所属することだったのではないか。

昔の小説や映画で当時の言葉遣いに接すると、家族という団体のつながりを絶やさないようにするために、日本人が如何《いか》に努力をしていたかがわかります。たとえば「結婚する」ことは、「身を固める」と、言われていました。結婚していない人というのは、まだ「身」がぐにゃぐにゃの状態であり、配偶者を得て初めて、人には一本の筋が通るのだ、と。

親達は息子に、

「早くお前も身を固めろ」

と、プレッシャーをかけました。息子が創設家族を持たないことには、家族はつながっていかない。「結婚をしていない者は一人前ではない」と、絶えず知らしめることによって、息子の結婚を促したのです。

また親達は、娘を結婚させることを「片付ける」と表現しました。

「ようやくうちの娘も片付きましてね」

とか、

「うちの娘はまだ片付かなくて、困ったもんです」

と、娘を持つ親は言ったもの。年頃になっても独身の娘が生育家族の中に身を置き続けるのは、不自然かつ不幸な状態。適齢期の娘は、早々に別の家庭に移動させる、すなわち「片付ける」べき存在でした。

今使用したら、炎上必至の、これらの表現。しかし昔の大人達は、切っ先鋭い言葉をあえて使用することによって、独身者がいつまでものびのびと生きられないようにしました。若者は、適切な段階で生育家族から創設家族へと、所属先を替えなくてはならなかったのです。

子供が創設家族を持たない限り、家は続かない。だからこそ昔の親は子供にプレッシャーをかけたわけですが、なぜ昔の人は、それほど「家を存続させる」ことにやっきになっていたのか、我々には理解しづらいものがあります。特にはっきりとした理由が説明されるわけでもなく、「そういうものだから」ということで男の子は時期が来たら身を固め、女の子は別の家に片付いていき、子を産んだ。子が生まれなかったら養子をもらうなどして、なりふり構わず家族を続けようとしたのです。

家を存続させるために養子をもらうという行為も、今となってはあまり見られないものですが、昔は当たり前のようにやったりとったりしていたようです。ちなみに私の父親も、子供がいなかった酒井家に、男の子が二人いた親戚筋からもらわれてきた身。実の両親も近くに住んではいたものの、父は実の親にしたら年が離れすぎている養親のもとで育ったわけで、

「お父さんも、大変だったのね」

と、今だったら言ってあげたいところです。

しかし、我が父が実の親から離れ、寂しい思いをしてまで継いだ酒井家も、ふがいない娘によって今、勝手に「家族終了」などと宣言されてしまっています。時代の変化とはいえ、二重に可哀想であることよ。

この状況を見ると、祖父母世代と我々世代の間で、家族というものに対する感覚が激変したことがわかるのでした。明治生まれの祖父母は、養子という接ぎ木をしてでも、家を存続させなくてはならないと思ったわけです。その養子はやがて結婚し、男の子と女の子、すなわち兄と私が誕生。めでたく一家は存続すると思ったでしょうが、そうはうまくいかなかった。

祖父母世代が抱いていた「家を続けなくてはならぬ」という思いはなぜ、我々世代で消滅したのか。……と考えてみますと、そこには何をもって幸福とするか、という感覚の変化があるのだと思います。祖父母の時代は、「所属」することがそのまま、幸福でした。幸福は個人として得るものではなく、家族なり地域なりといった所属団体として得るものだったのではないか。だからこそ、団体が消えてしまっては幸福を受け取ることもできなくなると思われ、家をとにかく続けていかなくてはならなかった。

しかしそこから、時代は変わります。第二次世界大戦時、日本人は「お国のため」と、最も上位の所属団体である国への挺身《ていしん》を求められ、その団体のために死ぬことが幸福だとすら思わされたわけです。しかし敗戦によってアメリカから個人主義がどっと入ってきて、個人としての幸福を追求してもいいらしい、と日本人は気付くことになります。「所属」することって、実は幸福でも何でもなかったのではないのか。所属って、実はものすごく窮屈なものだよね。……と、日本人の本音が漏れてくるように。

かくして戦後の日本人は、見合いではなく恋愛で結婚するようになったり、女も働くようになったりと、個人としての楽しさや充実を追求するようになりました。私の両親達は、その時代の影響をどっぷり受けた世代です。父親は、子供の頃は「天皇陛下万歳」系の軍国少年だったのが、敗戦により一気にポリシーをチェンジ。大学時代は米軍基地でアルバイトをして英語を覚え、当時の日本では法外なバイト代を得たといいます。

父親よりも十歳年下の母親は、戦後の民主教育を受けて育った世代であり、「個人的幸福の追求」に躊躇《ちゅうちょ》しないタイプ。そんな二人が出会って恋愛↓結婚となったわけですから、生まれた子供達に対して、「家を続けていくことが何よりも大切」という教育は当然、しなかった。

天皇家を見てもわかる通り、家を続けていくことは、難事業です。平成の天皇は三人の子を持ち、「これで天皇家は安泰」と当初は思ったかもしれませんが、次男以外は晩婚であった上に、天皇家を継ぐことができる次世代の男子は、三人の子から一人しか生まれていません。次男の妻が、齢三十九歳にして頑張って産んだ貴重な男子が、今や皇室の命綱です。

日本で最も「家の存続」が求められている天皇家ですらそのような状態なのですから、普通の家庭でボーッとしていたら、家など続くものではありません。私の友人を見ても、きょうだい全員が結婚して子供を持っているような家は、レアケースと言っていいでしょう。

家を続けることの難しさがわかっていたからこそ、昔の日本では、男と女の育て方、そして長男と次男以下の育て方を、しっかり分けたものと思われます。長男には「家を継ぐ」存在としての、そして次男以下の男子、および女子に対しては、「いずれ家を出て行く」存在としての自覚を、幼いうちから叩き込んだのです。

しかしそんな教育も、戦後に個人主義が流入してからは、薄められました。家制度に不満を持っていた人々は、個人としての充実を追い求めるように。家などに縛られず、ラクな方へ、楽しい方へと人々は流れていきます。

我が家もまた、そんな時代に若者二人が結婚してできた、昭和の高度経済成長期の家族でした。さらに前の時代であれば、若者は親が決めた人と結婚したことでしょうが、我が両親は自由恋愛の結果、結婚。親の反対もあったらしいのですが、親の意見など、恋する若者にとっては何の意味も持たない。ただ「一緒にいたい」という気持ちに従ったわけで、そこに「家の存続」という頭は無かったことでしょう。

私の子供時代を振り返ってみても、イエ意識を親から植えつけられたことはありませんでした。兄にどのような教育がなされたかはよく知りませんが、少なく

とも、

「あなたは長男なのだから、この家を継がなくてはいけない」

などと説かれていたという記憶は、無い。もちろん私に対しても、「他家で良い嫁として生きていくことができるように」という教育は、全くなされなかったのです。

ただ一つ記憶にあるのは、母親が、

「女の子は結婚したらどのみち家事をし続けなくてはならないのだから、今からすることはない」

と、私に家事を手伝わせなかったことです。

我が母も、「娘はいずれ嫁にいくものだ」とは思っていたようなのですが、

「だからこそ結婚して恥をかかないように」

と、家事を仕込むという感覚はなかったらしい。「家事をし続ける人生は可哀想だから、今からすることはない」との発想となったのは、時代のせいなのか、我が母親の個性のせいなのか。

そんな母親がさらに娘に説いたのは、

「とにかく、遊んでおくように」

ということでした。

「私も学生時代は思い切り遊んでとても楽しかったから、あなたもそうしなさい」

とのことで、思春期の娘に対しても、何時に出て行こうと何時に帰ってこようとOKという、「楽しくなければ人生じゃない」的なかつてのフジテレビばりの珍しい教育方針を立てたのです。

お陰で私は、一九八〇年代を楽しく遊んで過ごしたわけですが、あまりに自由すぎると、子供はかえって自制します。ギリギリまで攻めながらも警察のやっかいになるようなことはなく青春期を乗り切ったのは、「子供の自主性に任せ切る」という親の蛮勇が功を奏したせいかもしれません。そして「女の子は家事などしなくてもよい」という教育も、

「とはいえ、自分でしなきゃしょうがないわな」

という思いを娘に起こさせたのであり、今の私は特に家事嫌いというわけではない。

結果オーライとも言えないこともないのですが、しかしこの「自己責任において個人の幸福を追求せよ」という親の方針は、こと「家族の創設」という件に関

しては、何ら効果を発揮しなかったようです。若者にとって個人の幸福の追求とは「ひたすら楽しいことをする」ということを意味したので、おしゃれをしたり異性と交遊したりスポーツをしたり旅行をしたりといった行為に、私は青春期のあらん限りの力を注ぎました。

が、母の時代と私の時代で異なるのは、母の頃は「人は皆、結婚するもの」という意識が強固であったことです。女性が青春期にいくら楽しく遊んでも、二十代前半にもなれば「とはいえ、女が生きていく道は結婚しかないし」と、何らかの方法をもって「片付いて」いったのが、母の時代。

対して私の時代になると、「所属」がもたらす幸福よりも自由による幸福を重視する傾向が強まり、結婚は先延ばしにされました。我が母は、「順子も私のように、年頃になったら適当に結婚していくことでしょう」と、思っていたのでしょうが、そうはいかなかった。

私が二十代だった頃は、女性が楽しいことを追求しようと思えば、いつまでも続けることができました。「人は皆、結婚するもの」という意識は薄れ、「あー楽しい、らんらんらーん」と踊り続けている人を、親すらも止められなくなったのです。

「家族をつくる」ということは、「楽しいことを諦める」ということでもあります。「もうちょっと、諦めたくないなぁ」などと思ってだらだらと踊り続けていたらあっという間に年をとっていき、気がついたら五十代。昔であったら、もうそろそろ寿命が尽きてもおかしくはない年頃になっています。

楽しいことを我慢して子育てをしていた友人達のもとでは、そろそろ立派な息子や娘が育ち上がってきました。息子達や娘達は、電球を替えてくれたり料理を作ってくれたり食事を奢《おご》ってくれたりと、すっかり頼もしい若者に。創設家族が完熟し、そろそろさらなる分裂をしていこうか、という頃合いになってきたのです。

一方で私はといえば、生育家族がいなくなった時点で、「家族終了」。思えば今までずっと、誰かしらが存在していた家族がいなくなるという経験は、初めてのことです。

だからこそ私は今、家族というものを改めて考えてみようと思うのでした。私にとって、家族とは何だったのか。この時代の日本において、家族はどのように機能しているのか。……家族終了の鐘が鳴り響く中で、家族がいないからこそ書くことができることが、あるのかもしれません。

1　パパ、愛してる

二〇一八年一月、草津白根山《くさつしらねさん》が噴火した時のこと。草津を愛する一人である私も、ニュースをじっと見つめていました。

スマホの普及以降、事件や事故の現場にいる人達による生々しい映像が、すぐにニュースなどに流れてきます。草津でも様々な映像が撮影されたわけですが、私が釘付けになったのは、スキー場のゴンドラに乗っていた人達が、噴火の後に撮った映像でした。

噴石が飛び交う中でゴンドラに閉じ込められた人が撮っていた、その映像。撮影者の友人とおぼしき青年が、一本の電話をかける様子が映っていました。電話の相手は、自分の父親。今どのような状況かを切羽詰まった様子で話した後、彼は、

「パパ、愛してるよ！」

と言ったのです。

不謹慎ではあるのですが、私は「パパ、愛してるよ！」の一言に、度肝を抜かれました。その若者は、既に子供ではない青年。その青年が「パパ」と言うのはまだしも、父親のことを「愛している」と表明したことに、世の親子関係の変化を感じたのです。

間近で火山が噴火するという、「死」の可能性が迫ってきた状況において、親に愛情表現をするのは当然のことでしょう。しかし私の世代以上の男性であったら、父親に対して「愛してるよ！」と言う発想がそもそも無いのであり、せいぜい、

「おやじ、今までありがとう！」

だったのではないか。

十代だった頃の私が同じ状況に置かれたとしても、親に対して「愛してる」とは決して言わなかったと思います。「愛してる」というフレーズは、かろうじて私の語彙の引き出しには入っているものの、それはものすごく奥の方に死蔵されているだけ。いざという時にすぐ出てくるような場所にスタンバイはしておらず、精一杯頑張ってもやはり、

「今までありがとう！」

だったと思います。

パパを愛している若者を見て、私は「父と息子も、とうとう友達化したのか」と思っておりました。私の時代の青年達は、一定の時期が来たら父親に対して反発したり、抵抗したりするのが常とされていました。父親に反発することは青年にとっての通過儀礼のようなもので、その反発を乗り越えた時に、彼は大人になったのです。

父親への反発が始まると、男子達は親の呼称を変化させたものです。我が兄なども、子供の頃は「お父さん」「お母さん」と呼んでいたのが、中学生くらいの頃から次第に親に対する呼びかけが少なくなり、やがてゼロに。それが大学生の頃に突然、「おやじ」「おふくろ」などと言い出すようになって、妹としてはなぜか恥ずかしい気持ちになったことを覚えていますが、それが兄の「脱皮」のサインだったのでしょう。

今の青年の中にも、父親に反抗するケースは見られるのです。昔ながらの反抗期を経験し、母親を「ババア」と呼ぶような子もいる。

しかし我々の時代と比べると、反抗期に突入する子供の比率が低くなった気がしてなりません。私の友人達はちょうど、子供が青年期という人が多いのですが、「ウチの子は反抗期、無かったわねー」と言う人が、少なくない。子供の頃と同じように、思春期になっても青年期になっても、親とずっと仲良し。

　母親が働いていて、父親の方が子供と接する時間が長い家庭では、

「うちの子、私よりずっとパパと仲が良いのよ」

と、母親が言っていましたっけ。今時の青年達は、父親とも母親と同じ感覚で接しているので、「強く、大きな存在」としての父に反発したり、乗り越えようとしたりせず、友達感覚で付き合うことができるのでしょう。

　私が大学時代に所属していた体育会の部の現役部員を見ていても、皆両親と仲が良いのです。東北だの九州だの、遠隔地で開催される試合にも親御さん達は駆けつけて、勝って泣き、負けて泣きしている。

　私の現役時代は、オリンピックに出るわけではあるまいし、試合に親が来るなどということは考えてもみませんでした。親側にも、「大学生の娘の試合を見に行きたい」という発想はなかったし、もし親が「見に行きたい」と言ったとしても、

「やめてよ、恥ずかしい」

と言ったことでしょう。あの頃と比べて、親子の距離は確実に縮まっています。クラブ関係のとある会では、現役を引退する四年生の男子学生がスピーチをしたのですが、彼は、

「最後に僕が感謝をしたい人は……、お母さんです！」

と叫んでいました。のみならずお母さんを壇上に呼び寄せて、熱いハグを交わしていたのです。

大学の偉い人からOB・OGの長老までがいた、その席。当然、長老達の辺りからは不穏なザワつきが聞こえました。しかし当の親子は、幸せいっぱいな顔。

私もまた、長老達と共に「何だこれは」と思う側にいました。人前で母親のことを「お母さん」と言うのもハグをするのも、別の国の出来事を見るよう。私が子を産まずに漫然と過ごしているうちに、日本の親子事情はどこまで行ったのだ……？

その後私は、「この出来事をあなたはどう思うか？」と、会う人会う人、訊いてみることにしました。

「ありえない！　自分の母親に感謝する前に、部の公的な場においては、まず全

てのOB・OGや同期、後輩に感謝するのが筋だろう。ましてやそんな場でハグするとか、どうかしてるんじゃないか」

と怒ったのは、私と同世代の真面目な体育会出身男性（娘アリ）。

「気持ち悪〜い。本当に『ママっ子男子』っているんですねっ！　そんな男子と結婚する子が、可哀想」

と言うのは、三十歳女性（娘アリ）。母親と仲良しであることを全く恥ずかしがらない男子のことを今は「ママっ子男子」と言うそうですが、女子の側ではママっ子男子を全肯定するわけではなさそうです。

既婚・子ナシの同世代女性も、

「今時の若い男子ってマザコンを隠さないって言うけど、本当だったのね。しかし母親も、よく平気でハグされるわよね……」

と言っていました。

よかった、あの行為に違和感を覚えるのは、私が非人情な子ナシ女だからではなかったのね。そう思いつつ、今度は同世代の子持ち女性達に話をしてみると、

「まぁ、わかるかな……」

「アリなんじゃないの？」

といった意見が続出。私が「こんなことがあったのよ、信じられる？」という口調だったせいか、歯切れの悪い感じなのだけれど、決して否定はしないのです。中には、

「うちの息子の高校のラグビー部では、最後の試合の後、お母さんをお姫様抱っこして写真を撮るのが恒例行事で、お母さん達はみんな楽しみにしてる。息子達も嫌がらない」

というネタを提供してくれた人も。「だからお母さんとハグくらい、当然。どれだけ子育てに苦労したと思ってるの」ということなのです。

彼我の感覚の違いに、私は愕然《がくぜん》としました。気がつけば彼女達は皆、男の子の母親。親子仲も良いのです。

男の子のママからはたまに、ドキッとする話を聞くものです。

「将来、私から離れられなくなるように育ててるのよ」

とか、

「あなたのことを一番思っている女は誰なのかっていうことを、息子にはよーく教え込んでいるつもり」

などと。息子の前では母親もまた一人の「女」であるという意識が、そこには

ありそうです。「子を産まないとわからないことがある」と子持ちの人達は言いますが、息子に対するこの「女」感というか所有感こそ、私のような子ナシ女が最も理解できない部分かもしれません。

秋篠宮《あきしののみや》家の眞子《まこ》さまが小室圭《こむろけい》さんと婚約、というニュースが流れた時、母親が息子のことを「王子」と言うなど、小室さんとお母さんとの仲良しエピソードや写真が週刊誌を飾りました。「マザコン」と評す向きもあったようですが、あの年代においてそれはもはや、マザコンではない。ママっ子男子を持つ母親に対しては、

「まぁ、優しい息子さんで羨ましいわ」

と言わなくてはならないのです。

私の母親はどうだったか、と思いかえしてみますと、あまり息子愛は強くなかった気がするのでした。たいへんに「女」度が高く、人生の最後まで「女」道を追求する人ではあったものの、こと息子に関して言えば、そうでもなかった。「女」度が真に高かったからこそ、息子ではその欲求を充足させることができなかったのか。いやでも、私の時代は他の善良なお母さん達も、息子とハグとか、してなかったけどなぁ。

昔の母親達も、本当は息子とハグしたかったのでしょう。が、昔の母親達は、「息子に対する思いを表に出してはならない」という意識を持っていました。

私の母親の時代は、マザコンに対する禁忌感が、今よりずっと強かったのです。母親と息子が密着気味だとすぐ「マザコン」と言われるので、息子の側も今のように堂々と母親に近寄ることはなかった。母親も、家の外では息子に対する愛玩欲求の発散を控えていたはずです。

しかしその後、マザコンは悪ではなくなりました。少子化が進んで、子供がいるだけでも万歳、という世の中では、子供という希少な存在を大切に育てることが当たり前に。

一方で家庭崩壊といった事象も見られるようになれば、親子の仲が良いことの価値は、ぐっと高まります。SNSで「我が家はこんなに仲が良いのです」というアピールがあちこちで見られるのも、無理のないところでしょう。

他人の前でも、親のことを「父」「母」でなく「お父さん」「お母さん」と言うのも、今や当たり前になりました。謙譲語を使用するのも嫌なほど、今の子供達は親のことが好きなのかもしれません。

先日テレビを見ていると、若いタレントさんが実家で母親のことを「ママ」と

呼ぶVTRが流れた後、スタジオのトークでは、

「うちのお母さんは……」

と言っていました。ということは若者達は、「お母さん」という言葉を、他人の前で使用するべき丁寧語として理解し、誤用しているのかも。その辺りの意識については、さらなる考察が必要かと思われます。

いずれにしても親子の仲が良くなっているらしい、日本。明治になってから百五十年以上が経《た》って、親子間で「愛してる」と言ったりハグしたりできるようになるとは、伊藤博文《いとうひろぶみ》も思わなかったに違いない。

明治時代の小説などを読んでも、かつての日本の家族では、お父さんが突出して偉い縦社会であったことがわかります。しかし特に第二次世界大戦後は、お父さんの地位が急落。家族の横社会化が進みました。

昔は、上位にいる親に下位の子が従うという図式があったからこそ、思春期になると反発・反抗する時期があり、やがて親を乗り越えようとしたのでしょう。しかし横社会化が進む今の家庭では、親子関係が上下関係ではなくなっています。親子横一線なので、たとえば母親の名が「順子」だったら、「順ちゃん」「順子」と、子供達が親を名前で呼ぶという例も、珍しくありません。

このような仲良し家族に対して、私が驚いたり違和感を覚えたりしてしまうのは、私の家族観に進化が無いからなのです。私がまっとうに結婚したり子供を産んだりしていたら、今頃はうまいことといけば、息子からハグやお姫様抱っこをされていたかもしれなかった。私達世代は、生育家族は縦社会であっても、結婚後は上下関係の無い仲良し家族をつくっている世代なのですから。

しかし私は、新しい家族を、そして家族観を形成していません。今は無き私の生育家族は仲良し家族ではなく、その家族観を今も持ち続けているからこそ、今風の仲良し家族に、いちいちびっくりしてしまうのでしょう。

先日は、知り合いの青年のSNS上に、彼がおばあちゃんをお姫様抱っこしている画像がアップされていました。七十代とおぼしきおばあちゃんのお誕生日だったということなのですが、男性にお姫様抱っこされるのは、おばあちゃんにとって人生で初めてだったかもしれません。

さぞや嬉しかったことと思いますが、私は「今や親子間のみならず、祖父母と孫の関係性もここまでフラット化しているとは」と、ここでもびっくり。もう、おじいちゃんと高校生の孫娘が一緒に入浴していると聞いたとて、驚くのはやめよう。それとも今は、お姫様抱っこという行為が、福祉の一環みたいな感じで流行っているのか……？

肉親と肉体的な接触をすることを躊躇しない若者が増えていることは確かなようですが、では彼らは、肉親以外との肉体接触にも、積極的なのでしょうか。つまり、恋愛対象にも気軽にハグやらお姫様抱っこやらをしているのか。いくらママっ子男子でも、母親をハグするよりも、若い女の子をハグする方が楽しいのではないか。

しかし若者達が恋愛に積極的になってきたという話は、聞きません。ストップ少子化！の気配もナシなのは、これいかに……？

と考えてみますと、「青年の愛はママに流れている」という仮説が浮かぶのです。恋愛においては、時には相手から拒否されたり傷ついたりしなくてはならないけれど、ママは息子からのハグもお姫様抱っこも拒むことは無く、いつでもウエルカム。ママは「俺を決して拒否しない女」だからこそ、安心して愛情表現をすることができる。その上ママが相手であれば、いわゆる「一線」は超えなくてもいいわけで、アカの他人との恋愛よりずっと面倒知らず。息子とのスキンシップは、セックスレス世代のママ達にとっても、元気の素となるのです。

そんな今の若者達を見ていると、昭和の感覚では多少驚くこともあるものの、

「しかしこれが本来の人の道なのかも」という気もしてくるのでした。昭和時代、親子の仲はよそよそしくて当たり前だったけれど、仲が良いならそれに越したことはないのですから。

振り返ってみれば私は、親に対して何ら、これといった愛情表現をしてきませんでした。父親が他界した時も、看病や看取《みと》りは母親に任せていたし、今際《いまわ》の際《きわ》に、何か感動的なことを言ったわけでもなかった。やはり、普段から言い慣れていないことは、緊急事態の時も言うことはできないのです。

母親はほとんど突然死くらいの状態だったのですが、運び込まれた病院の集中治療室で危篤状態となった時、私は「父親の時、私は何も言えなかった」という後悔を思い出しました。人間、耳は最後まで聞こえているというし……ということで、私が母親の耳元で勇気をふりしぼって小声で囁《ささや》いたのは、

「ありがとね」

の一言。それまでに母親が私に注いだ愛情は、そんな一言でチャラになってしまったのです。

嗚呼《ああ》、親に「愛してるよ！」と叫ぶことができる人、親をハグすることができる人に幸いあれ。愛情も感謝も、言葉なり態度なりに出さない限りは、相手に伝

わることは決してないことを熟知している今、そんな若者達の姿は私にとって眩《まぶ》しすぎます。それでも彼等に対して「えっ？」と思ってしまう気持ちの裏にあるものは、自分はもうそんな仲良し家族に身を置くことはできないことを知るが故の、嫉妬なのでしょう。

2　我が家の火宅事情

恥ずかしがる素振りも見せず、当たり前のように母親と仲が良い「ママっ子男子」について前章で記しましたが、そんな男子に私が驚くのは、自分が親と仲良しではなかったからです。パパっ子女子でもなければママっ子女子でもなく、親と常に一定の距離を置いていた感じ。

私は両親と兄、そして祖母という五人家族で生まれ育ちました。両親に子供二人というのは、昭和の高度成長期の典型的な家族構成。祖母が同居している三世代家族というのは、当時の東京においては既に珍しい方であったようですが、この五人家族体制は、私が大学生の時に祖母が他界するまで、続くことになります。

木造平屋建ての家に、人間五人と、多い時は犬一匹に猫二匹が同居していた、我が家。サザエさんの家をイメージして、「さぞや和気藹々《あいあい》と……」と思われる方もいるでしょうが、それは違います。思い返せば、なかなかの火宅だったのが我が家。

父親は、昭和一桁生まれ。子供の頃は軍国少年だった、とつぶやいていたことがあります。戦後、急に教科書に墨を塗らされた世代ということになりましょう。母親はその十歳年下で、戦後の教育を受けた世代。明るく華やかな性格の母親は、色々なボーイフレンドの中から、頼り甲斐がありそうな大人、ということで父親を選んだ模様です。

が、結婚してみたら、様子が違ったのだそう。若い妻を大切にするかと思いきや、父は「俺が黒と言ったら白いものも黒」といった、昭和一桁の特性を如何《いかん》なく発揮。気に入らないことがあると、何週間も口をきかないなど、いわゆる「機嫌」というものの良し悪しがはっきりと見て取れるタイプでした。

同世代の妻であったら、そんな夫にも黙って従うだけだったのでしょうが、我が母は自由な家庭に育ち自由な教育を受け、自由な性質を持つ人でした。そして二人の間の齟齬《そご》は次第に広がり、その結果は、私が中学二年の頃のある晩に露呈することとなります。

それは確か土曜日で、私はラジオの深夜放送をこっそりと聴いていました。バレると怒られるので、ラジオの音を極小にして、布団をかぶって聴いていたのです。「イヤホン使えや」と言いたくなりますが、私は何に関しても気づくのが遅い、浅知恵の中学生だったのです。

　すると急に、親が私の部屋と兄の部屋を乱暴にノックし、

「ちょっと来て」

　ということに。あ、ラジオを聴いていたのがバレてしまったか……と、しおしおと居間へ行くと、両親が鬼気迫る顔で座っています。ラジオくらいでそこまで怒ることでもなかろうよ、と憮然として立っていると、父親から開口一番、

「お母さんには他に好きな人ができたので、離婚することになりました」

　との宣言が。

　いきなりの宣言だったので驚きはしましたが、そこで私が思ったのが、

「まぁ、そういうこともあるだろうな……」

　であったことは、よく覚えています。

「離婚なんてやめてっ」

　と泣き崩れる、といったことはまるでなく、

「はぁ」

　という感じで聞いていた。そういえば前日まで、母親は女友達と旅行というこ

とで不在にしていたけれど、それがたぶん嘘だったんだな、と思いつつ。

私の「そういうこともあるだろうな」という反応については、自衛のために「たいしたことではない」と思おうとしたのではないか、といった解釈も可能です。が、おそらくその出来事は、私にとって青天の霹靂《へきれき》ではなかったのです。母親はとにかく「楽しいこと」が大好きな人。学生時代のボーイフレンド達との交流も途絶えず、私も母親に男友達とのデートだか密会だか単なる食事だかに連れていかれたことが何度もある。「○○君にこんなこと言われた」「××君がこれ買ってくれた」といったモテ自慢もさんざん聞かされていたので、私にとって、「母親が父親以外の男性と交遊している」というのは、子供の頃から自然なこと。それが悪いとも思っていませんでした。だから「他に好きな人ができたので離婚」というのも、さもありなんと思ったのです。

しかし、母の不貞をそのように受け止めたのは私だけで、翌日から、我が家は火宅と化しました。ただでさえ機嫌の差が激しい父親の機嫌が良くなるはずもなく、ほどなくして母親は実家へ。私もついていって、しばらくそこから学校に通いましたっけ。いわゆる別居という状態でした。

が、しばらくすると母親が、

「私、家に帰ることにしたから」

と、言うのです。夫婦間でどういう折り合いがついたのかはわかりませんが、母と私は元の家に戻ることに。

とはいえ木造の平屋ですから、部屋数が潤沢なわけではありません。夫婦が別の寝室に寝る余裕は無く、ついこの間まで別の男性と付き合っていたことが明らかな母と父は再び、同じ寝室で寝ることに。中学生ながら私は、

「よくわかんないなー」

と、眺めていました。のみならず、案外平然と家事を続ける母を見て、「よくわかんないなー」という気持ちはますます膨らむ。

しばらくしてから母が、

「どうして私がうちに戻ったかっていうとね」

と言い出したので、

「なんでなの？」

と訊けば、

「おばあちゃんが可哀想になったからなのよ」

という回答。父の養母である「おばあちゃん」は既に九十歳近かったのであり、

「このおばあちゃんを残して私が出て行けないな、って。私が看取ってあげなくちゃって思ったのよね」

ということではありませんか。

私はそれを聞いて、「浮気する割に、高齢者への思いやりはあるのか！」と意外に思ったのと同時に、「子供のためじゃないんだ」ということに少々、驚きました。夫婦仲が悪くなって離婚問題が浮上しても、「子供が可哀想」とか、「この子達がせめて大学に入るまでは」などと、離婚を思いとどまる夫婦の話はよく聞きます。夫婦のかすがいといえば、普通は子供ではないのか。

しかし我が母は、子供よりも「おばあちゃんが可哀想」ということで、家に戻った。それは祖母にとっては良いことだったと思いますが、私は「私達のためじゃないんだ」と、うっすら寂しいような気持ちに。「母であっても、女はやめない」という新しい感覚と、「姑は看取らねば」という古い感覚が、彼女の中にはまだらに存在していたのです。

かくして一応は元のさやに収まって以降、母親の不貞に関する話題は、我が家で一切出てこなくなりました。相手が誰なのか、その人とは別れたのかといったことは、子供達には明かされなかったのです。

が、私は知っていました。その後もそれっぽい電話はたまにかかってきていたし、まだ携帯電話が存在しない時代、親子電話の受話器を取った瞬間、その手の相手と母との会話を聞いてしまったことも。

「まだやってんだ」

とは思ったものの、私は母親が何をしようといいのではないかと思っていたので、自由に泳がせていたのです。

しかし今にして思うのは、「お父さん、可哀想」ということ。機嫌が不安定で、子供にとっても付き合いにくい人ではあったけれど、昭和一桁男にとって妻の不貞はつらかったであろう。それを最終的には許して最後まで一緒にいたわけで、大人になった今であるからこそ、

「お父さん、頑張ったね」

と私は言いたい。

母の不倫騒動において傷ついたのは、主に我が家の男性達だったのです。その後、母は六十九歳でほぼポックリ死をするわけですが、お通夜が終わった晩、兄と私が実家の居間で、しみじみ話をする機会がありました。大人になってから兄と二人でゆっくり話すなど初めてのことだったのですが、その時に話題になった

のは、母の過去について。

　母がほぼポックリ死をした時、父は既に他界していました。フリーとなった母には当然ながら仲良しのボーイフレンドが何人かいて、そのうちの一人・Ａさんは死の直前までスキーだ海だと一緒に遊んでいた人。母の死の数日前も、我が実家でのホームパーティで料理をしていったし、他界したその日も実家に来て、家族の誰よりも泣いていったのです。

　兄はその晩、

「あの離婚騒動の時の相手も、Ａさんだったのかなぁ」

と言いました。しかし私は、母親の男事情に詳しかったので、

「違うよ、Ａさんはお母さんの学生時代の元カレで、今は単なる遊び友達。離婚騒動の時の相手は、絶対に別の人」

と、断言した。

　私は、母のボーイフレンド達にかなり会っていますが、騒動の時の相手とだけは、おそらく会っていない。騒動以来、母の女友達などにも訊いて、さりげなくその相手を探ってはみたものの、どうしてもわからなかったのです。

　兄は、Ａさんが騒動の時の相手であろうとなかろうと、彼のことを快く思って

はいなかったようです。私はAさんのことを、「独り身になった母と遊んでくれて、実にありがたい。持つべきものは元カレ」くらいに思っていましたが、男である兄は、母親の遊び相手を自然に受け入れることはできなかったらしい。

そこで私は、兄と私の立場の違いを知ったのです。反対に考えてみれば、父親が女遊びをしまくっていて、そのガールフレンドの一人が母の死後、実家にもちょくちょく出入りしていたら、私も嫌だったかも。

さらに兄は、

「おふくろはあの時、俺達を捨てようとしたんだもんなぁ」

と、遠い目をしています。〝あの時〟、すなわち離婚騒動の時のことをきょうだいで話し合ったことは今までなかったけれど、兄は男であるからこそ、母親の不倫に傷ついていたことを、その時私は初めて知りました。

母が男を作るということについて、母と同性である私は、「まあね、夫に不満を持つ主婦が他の男と付き合いたくなるっていう気持ちはわかる」と、中学生ながら同性ということで理解力を発揮していましたが、高校生だった兄は「捨てられた」と思っていたらしい。ああお兄ちゃん、可哀想……。

そこで私は、

「違うよお兄ちゃん！」

と言ったのです。

「捨てたわけじゃなかったのよ。だってあの時も、『私についてくるか、ここに残るか、あなた達が決めなさい』って、お母さんが言ってたじゃない。一人で出て行ったわけじゃないのよ」

と。

離婚騒動以来、約三十年。そんな私の発言で、三十年間抱え続けてきた兄の傷が癒えたかどうかはわかりませんが、大げさに言うならば「ここでお兄ちゃんを救ってあげねば」と、四十代にして私は思ったのです。そして、「男の子にとって母親の存在って、やっぱり重要なものなのね」とも実感した。

兄は能弁なタイプではなく、また親と仲が良いわけでもなかったので、いわゆるマザコンタイプとは最も遠いところにいると思っていた私。しかし兄は、母の不貞によって傷ついたが故に、母と一定の距離をとって生きてきたのかも。本来は、もっとマザコン気質だったのかもしれません。

案の定、そんな兄は母の死に、私以上のショックを受けているようでした。たまに、

「おふくろのタンシチューが食べたいな……」

などと、私達が子供の頃に母親が作ってくれた料理を欲したりしているので、「なんと我が兄も『おふくろの味』とやらを恋しく思う人であったのか！」と驚いたりもしたもの。

しかし兄の妻はあのタンシチューの味を知らないわけで、今となっては再現できるのは私だけ。兄が私の家に来た時に、作ってあげたりもしましたっけ。

兄にとって母は、愛憎相半ばする存在だったのでしょう。兄の妻は、我々の母親とは正反対の、地味でおとなしいタイプの女性。母が巻き起こした騒動を見ていたからこそ、兄は「こういう女は嫌だ……」と痛感して、逆のタイプの女性を選んだのだと思う。

では兄が母を嫌っていたのかといえば、やはりそうではありませんでした。どこかで兄は、母を求めながら生きていたのであろう。

私にとっての母親は、「面白い生き物」でした。母親の友人から、

「お母様と順子ちゃんって、親子関係が逆転してるみたいよねぇ」

と言われることがあります。つまり、母親はいつも若い娘のようにキャーキャー騒ぎ、私の方が落ち着いてそれを眺め、時に諫《いさ》める、というような。

確かにそういった面はあるのですが、母親がキャーキャーしていたからこそ、娘が母親と同等もしくはそれ以上にキャーキャーしていては収拾がつかなくなるため、私は落ち着いてしまったのではないか。私が大人になってからは、「この母親を好きにさせたら、どこまで行くのだろうか」という実験感覚で、思う存分遊ばせていました。

そんな私もどこかで、普通の家族に憧れてはいたのです。普通とは何かというと問題になるとまたややこしくなりますが、私の時代の普通のお母さんというのは、すなわち「女を引退した人」。昭和のホームドラマにおけるお母さん的なイメージです。

常に家にいて、家族を待っていてくれる、お母さん。自分がかつて「女」であったことなど微塵《みじん》も匂わせない、生まれた時からおばちゃんであり続けたような存在感が、私の憧れる「お母さん」です。

対して我が母親は、死ぬまで「女」でした。離婚騒動の時に言った通りに姑を看取り、自分が裏切った犬も看取り、家事全般もきちんとこなしていたものの、それ以外の面では奔放に生きていた。モテること、つまりたくさんの異性から女として認証されることが、彼女にとってのアイデンティティだったのだなぁ、と今になると思うのですが、そんな「母と女の両立」を実践した母親を持つと、子供達は色々と考えるようになる。

結果、兄は「静かな女性と早めに結婚」という自衛手段をとりました。そして私は、家庭というものに対する不信感を常に持つようになったのだと思います。そして結婚しようと子供を持とうと、女は女であり続ける。同じように、男は男であり続けるのであろう。一つ家に住み、同じものを食べていても、家族などというものは心がバラバラだったりするのだ。母の娘である私もまた、どうなるかわかったものではない、と。

その後私は結婚せずに三十代半ばとなり、『負け犬の遠吠え』という本を書きました。その本の中で私は、自分はなぜ結婚せずにここまできたのかを縷々《るる》、説明したわけですが、その時はまだ両親が生きていたので書くことができなかったのが、この火宅事情なのでした。結婚や夫婦というものへの不信感を抱える一方、どこかにある幻の国にいるらしい「仲の良い夫婦」や「女ではないお母さん」に対する強烈な憧れも、持っている私。そんなもやもやとした感情がいつもどこかから染み出しているからこそ、私は結婚から遠ざかったのではあるまいか。

……と、自分が結婚できなかったのを親のせいにするのもどうかと思いますが、その方が楽なので、そうしているのです。

家族がいなくなった今、落ち込んだり迷ったりすると、私は心の中で、往年のハナマルキのコマーシャルのように、「お母さーん」と叫んでいます。その時の「お母さん」が、本物の我が母親なのか、それとも幻想の中にのみ存在する日本の理想のお母さんなのか、よくわからない私。いずれにせよその叫びは、おそらくどこにも届いていないのだろうなぁと思います。

3　「嫁」というトランスフォーマー

最近、同世代の友人達の「嫁力」が、沸点を迎えようとしている気がします。嫁歴も長くなってきて、そろそろ「嫁」という殻から脱皮しそうな、そんな胎動を感じるのです。

「嫁」という言葉はいかがなものか。「嫁」と言われることに不満。……といった声もありますが、嫁概念は今も健在です。妻の側はもう「嫁入りした」とは思っていないかもしれませんが、夫側の家族からしたら、「嫁に来た」「うちのお嫁さん」といった感覚があったりする。

「嫁」という言い方は、若者の間では流行ってすらいるでしょう。お笑い芸人などが、「うちの嫁が」といった言い方をしており、「嫁というのは女に家と書くわけで、女を家にしばりつけ……」といったフェミニズム的観点からは別の部分で、嫁という言葉は使用されています。

昔と比べたら、日本の嫁の負担は今、うんと減っています。三世代同居が当たり前だった頃は、嫁達は二十四時間、「家の嫁」でした。「男の妻」でいられる時間は、せいぜいセックスをしている時くらいだったのではないか。

対して私世代の既婚女性の場合は、嫁ではなく妻として存在する時間の方がずっと長くなり、嫁として過ごすのはせいぜい、盆暮れ正月、といった感じに。

しかしだからこそつらい、という部分もありましょう。たまにしか「嫁」をしないので、なかなかその状況に慣れない。友人達を見れば、自分の実家で二世帯住宅とか、自分の実家の近くに住む方が多数派ですから、夫の実家でたまに過ごす時間に、濃縮されたつらさを感じるようです。

とはいえそれなりの年月が過ぎて、皆が嫁としても成長していったわけですが、嫁はいつまでも嫁でいるわけに非ず。舅・姑の他界時には嫁を卒業しますし、息子を持つ人は、息子が結婚した時点で「姑」という別の生き物にトランスフォームするのです。嫁という名から脱却した時、彼女はそれまでとは違う力を得ることになる。

私の友人達は、今その前段階のお年頃です。若い頃は、嫁としてそれなりの苦労をした、彼女達。昔のようなあからさまな嫁いびりは無かったようですが、それでも元々は赤の他人で世代も違う女性同士である嫁と姑がうまくやっていくのは、難儀なことです。お正月など、夫の実家に行くことを「修行」と称していたものでしたっけ。

名家の長男に嫁いだ友人は、

「おせちを全部、手作りしなくちゃいけないのよ……」

と、暗い顔をしつつ、年末から夫の実家に通い詰めて、料理を手伝っていました。若い頃は人一倍華やかに遊んでいた彼女が、

「はいっ、お母様」

と、せっせと野菜の飾り切りなどしていたのです。

そうこうしているうちに時が経ち、舅・姑達も老い、亡くなるようになりました。義父母の葬式をつつがなく終えたことによって、

「嫁卒業、って感じがする。夫には言えないけど、すっごく嬉しい」

と、友人は言っていましたっけ。

彼女達は、そのように嫁力を次第に上げていきました。「嫁をしっかりやってきた」という自信と自負に、溢れるようになってきたのです。

すると昨今、嫁力ゼロの私のことが、彼女達はイラつくようになってきた模様。

結婚相手の家族とのあれやこれやを経験せず、のたりのたりと生きている私が、カンにさわるのでしょう。

人は、仕事を得ることによって「社会に出る」ことになっています。しかし社会とは、仕事の場だけではありません。経済活動を行う現場が「公的社会」だとしたら、家庭人として生きる「私的社会」も、あるのではないか。

人は生まれた時、自分の家そして親族という私的社会に属していますが、結婚することによって、結婚相手の家族や親戚までが私的社会領域となります。既婚者達は、全く異なる家の流儀に揉《も》まれることによって、私的社会人としての経験を磨くのです。

私はといえば、公的社会には一応出ていることになっていますが、私的社会には出たことがありません。若い頃から、ボーイフレンドの家に遊びに行ったりしても、先方の親御さんにうまく対応ができませんでした。愛想は無い上に、気も利かない。自由主義の親の下で育ったので躾《しつけ》もなっておらず、真夏には、裸足でぺたぺたとお宅に上がったりして、相手のご家族を啞然《あぜん》とさせていたに違いないのです。

それでもちゃっかりご飯などはご馳走になり、一応は、

「お皿洗い、手伝いましょうか？」

などとは言ってみるものの、

「いいのよ、座ってて」

と言われると「あ、そっすか」と瞬時に真に受け、ソファでファミコン（当時）などしていた。私が帰った後、家族内で、

「いいお嬢さんねぇ」

とは決して言われなかったであろうことが確信できます。

友人の中には、高校生の頃から嫁力が高い子もいました。彼のお母さんともすぐに仲良しになり、エプロンまで持参しているため、一緒に料理を作ったりする。彼と別れる時も、彼のお母さんからは惜しまれた、というような。

男子の立場からしたら、食後にソファでファミコンをしているような女子よりも、自分の母親と一緒に皿洗いをするガールフレンドの方が良いに決まっていましょう。嫁力が高い子は、やはり早めに結婚していったように思います。

私に嫁の才能が無いことは神様もちゃんとご覧になっていたようで、今まで結婚せずに過ごしてきた私。私のような嫁を持つ羽目になる姑がいなかったことを、私は本当に良かったと思いますし、お正月に他人の家に行かなくてよいということ

とについても、毎年しみじみ幸せを感じています。

お正月に他人の家に行って、楽しそうなフリをしたりせっせと働いたりする嫁達は、そうやって徳を積んでいるような気がしてなりません。その忍苦の末に、彼女達には安泰の老後が待っているのではないか。

一方では、嫁にはなってみたものの、嫁であることに耐えられない人も、少なくありません。特に今は「嫁」をどう捉えるかの個人差や地域差が大きいため、そのギャップが大きいと悲劇が発生するのです。

たとえば鹿児島出身の男性と結婚した東京出身の女性は、男達が延々と宴会をする中で女達は台所で立ちっぱなしで働きっぱなし、という正月を例年過ごすことに耐えられず、離婚。

「うちの息子が結婚したら、お正月は家に来ないでいいって言うわ。もう他人とお正月を過ごすのはこりごり……」

と、言っていましたっけ。

また、東北の雪深い地域に実家がある男性と結婚した知人は、やはりお正月の度に雪国へと行っていたそうですが、

「広い家の中で一つの部屋にしか暖房をつけないから、家族全員が一日中、その

部屋で過ごすしかないのよ。それに耐えられなくて……」

と、やはり離婚。

たとえ年に一回でもそれはつらい、と私も思うわけですが、しかしうっかり「東京の嫁」を迎えてしまった舅・姑も、可哀想だったのかもしれません。その地方では当たり前のことでも、他地方の人にとっては受け入れがたい、ということはあるのです。

全体的に見れば、嫁の地位は昔よりもずっと上昇しています。昭和初期の婦人雑誌を見ていたら、とある山中の村落では「馬尊女卑」と言われていたとのこと。すなわち、家畜の馬よりも女性の地位は低く、嫁は馬以上に使役されていた、と。農家の嫁達もまた、同じような状況だった模様です。

そのような時代と比べれば、今の嫁達は大切にされています。企業では、若手社員に辞められないように、そしてブラック企業と呼ばれないようにとお客様扱いしていますが、家庭でも嫁に愛想をつかされないように、夫の実家への訪問や労働を無理強いしないようになっているのです。

呼び方も、変化しています。昔の姑達は皆、「うちの嫁」と言っていたものですが、昨今の姑達は「お嫁ちゃん」などと言っている。それも、嫁という言葉を使用するのは嫁本人が存在しない時のみ。本人がいる場では、当然ながら「嫁」という語が彼女の耳に入らないようにしているのです。

姑達は今、「嫁から嫌がられない、カジュアルで民主的で現代的な姑」になろうと頑張っています。私の母親なども、それが功を奏したかどうかは別として、生前は努力をしていたようでした。

以前も書きましたが、母親は結婚と同時に夫および姑と同居を始めたのですが、その姑すなわち私の祖母は、嫁の悪口を言わない人でした。ご近所などでも、「いい嫁が来てくれた」などと言っていたそう。私は「えっ、おばあちゃん、本当にそう思ってたの？」と思うわけですが、当時の母は、それがとても嬉しかったらしい。

そこで母は、自分の息子が結婚した時も、同じようにしようとしたそうなのです。が、惜しむらくはそれを兄の妻に言ってしまったところ。すなわち、

「私は自分のお姑さんに悪く言われたことがないから、私もあなたのことは悪く言わないのよ」

と。

私はそれを聞いて、「それ、ダメでしょうよ」と思ったことでした。その台詞

の裏にあるのは、「本当は、言いたいことはいっぱいある」ということではないか。さらに言うなら「それなのに何も言わない私って、できた姑でしょう？」という自慢にもなっている。

兄の妻は気の好い人なので、

「そうですね、本当にありがたいです」

などと言ったに違いないのですが、それは民主的な姑として存在したがっている姑に対する気遣いの言葉。

そのような事例を聞いても、私は「嫁にならなくてよかった……」と思うわけですが、しかし古来、嫁と姑がしっくりこないものとされているのは一体なぜなのか、という気はします。「嫁」という仕事に昇進のチャンスは一度しかなく、それはつまり自分の息子に嫁が来た時であるわけで、新たな嫁を迎えることによって、彼女達は姑という管理職に昇進します。ベテランの嫁である姑は、自分の嫁をつい部下のように見てしまうから、気に入らないところが目につくのかも。そして嫁の側も、「嫌な上司」として姑のことを見てしまう、と。

さらに根源にあるのは、嫁と姑は「同じ男を愛する二人の女」である、ということでしょう。とても下品な書き方で恐縮ですが、姑は「この男を私は自分の股から出した」という自負を持つ。対して嫁は、「この男を、私は自分の股に迎え入れた」という自信を持つ。股から出した方か入れた方か、男が引き裂かれることになります。

友人知人の子育てを見ていても、男の子に対する母親の愛情は、特別なものがあると、いつも思います。夫に対して不満が強い人は、

「息子が私の恋人なの」

といった発言を躊躇しないし、

「絶対にマザコンに育ててやる」

と言ったお母さんもいたなぁ。

だというのに、息子が年頃になると、よくわからない女がひょっこりやってきてセックスなどバンバンしてしまうわけで、「息子が恋人」のママとしては、愉快ではありますまい。

だというのに、その不愉快感を大っぴらに外に出すことができないのが、母親のつらいところです。娘が結婚する時にムッとするお父さんというのは、「ヤキモチ焼いてるのね」などと微笑ましく見られるもの。しかしもしも母親が、息子が結婚する時にムッとしていたら、微笑ましくなど見てはもらえず「キモい」と

されてしまうのですから。

なぜ、父親がムッとすると可愛い感じがして、母親がムッとするとキモいのかというと、そこにはやはり、股が関係しているのではないでしょうか。父親も我が娘を恋人のように思っているでしょうが、娘を自分の股から出したわけではない。彼はせいぜい子種を提供したくらいですので、「自分のもの」感がグッと薄いのです。

対して母親は、自らの股経由で子供を所有していますから、その所有感が濃厚です。とろみのついた「自分のもの」感を剝《む》き出しにすると、生々しさが漂うのでしょう。

宿命のライバルということで、双方がある種の違和感を覚えつつ始まる、嫁姑の縁。しかし時が経つにつれて、嫁は変化していきます。舅・姑が老いていくにつれ、次第にその家の中で力をつけていき、最終的には最も強い存在になっていることがしばしばあるものです。

歌舞伎の女形《おやま》は、本当は女ではないからこそ、本当の女以上に女らしい演技をするわけですが、嫁もまたそれに似ています。元々は嫁ぎ先の家の人ではなかったからこそ、その家風を懸命に身につけようとし、最終的に最もその家の人らしくなり、一族を牛耳っていたりする。

女の方が男よりも長生きであることも、その背景にはありましょう。かなりの確率で夫は先に死ぬからこそ、かつて嫁だった人は、老いて後にゴッド・マザー的な権力を握ることになるのではないか。

そういえば、民主的な姑にならんと努力していた私の母は、夫亡き後、老後のことなどを私と話していて、

「ま、いざとなったらここを売って私は施設に入ればいいものね？」

と、明るく言っていました。母にとっては嫁ぎ先の家、私にとっては実家を売るのだ、と。姑も夫も他界したならば、あとは嫁のやりたい放題なのだな……。ていうか、子供のために家を残しておいてやろうとか、そういう気持ちは無いのかな……。と、私は「嫁力」の最終形態を見て、少々驚いたものでした。

私の同世代の友人達は、まだ息子は結婚しておらず姑も健在だったりするけれど、ポテンシャルは既に十分。息子の彼女についてあれこれ言っている姿を見ると、既に姑感が漂いつつあります。私もそんな話に加わっていると、エアー姑感を味わうことができる。

息子も嫁もいないのに、姑感だけが強くならないようにしなくては。……と、

自戒する私。しかし友人の息子達が結婚したならば、かならずや「嫁の悪口」の輪に加わっているような気がするのでした。

4　自分の中の祖母成分

私は、紙ケチの性分を持っています。コピー用紙などは、裏も使用するのは当然のこと。一回洟《はな》をかんだティッシュもすぐには捨てず、何度もかんだりしております。

地球環境を考えて……といった理由によるものというより、それは子供の頃からの習い性。明治生まれの祖母が同居していて、幼い頃はよく一緒に遊んでいたので、折り紙なども、広告紙を正方形に切ったものを何度も折っては広げ、としていました。お絵描きももちろん、広告の裏。家で遊ぶだけなのに、サラの折り紙や画用紙など、もったいなくて使用できなかったものです。

ですから湯水のようにティッシュを使用する人を見ると（実は湯水ケチでもある私なのだが）、もったいなくていたたまれない気分になる私。そちら側の人にとっては、同じティッシュで何度も洟をかむ私のような者を見ると「げっ、不潔」と思うのでしょうけれど。

　私よりも七十七歳も年上の祖母と共に暮らしていたからこそ沁《し》みついた、この習い性。以前にも書いた通り、祖母と私は、血がつながっていませんでした。しかし共に暮らしたことによって祖母の成分は確実に私の中に入り込み、そんな私の中に、祖母はまだ生きている気がするのです。

　東京では滅多に見られなくなった、三世代同居。それを体験することができたのは、ありがたいことでありました。私が生まれたことによって家族の人数は五人となったのですが、それから祖母が他界するまでが、私の人生において最も多くの家族と同居していた時期だったのです。

　今にして思えば、トイレもお風呂も一つずつしかない平屋に、家族五人が、よく一緒に暮らしていたものです。このように記すとまるで、サザエさん一家のような仲良しファミリーであったかのようですが、特に仲が良いわけでもなかったところがまた、感慨深い。

　そんな中で祖母は、緩衝《かんしょう》地帯のような役割を果たしていました。我が両親がどれほど生々しい修羅場を繰り広げようと、また私達きょうだいがどれほどひねくれようと騒ごうと、静かにちんまりと炬燵《こたつ》にあたり、犬や猫を愛《め》でていた祖母。

それは人間の領域から次第に離れていく、神様っぽい存在でもありました。

祖母は、いつも着物で髪はお団子という、『いじわるばあさん』(長谷川町子)とほぼ同スタイルの、まさに絵に描いたようなおばあちゃんでした。今時の祖母達は、「おばあちゃん」という呼び方はあまりに年寄り臭いということで、孫に「ばあば」などと呼ばせています。私の母などは「ばあば」すらも拒否し、孫が生まれてからは自分のことを「ようこさん」と呼ばせていましたっけ。

しかし我が祖母は、「おばあちゃん」以外の何ものでもありませんでした。物心ついた頃から祖母は「おばあちゃん」であったため、かつて「おばあちゃん」ではなかったという事実など、考えもしなかった私。人は次第に年をとるということを、その頃の私はまだわかっていなかったのです。

祖母は、常に平穏な空気をまとっていました。心の中では、様々な波風がたっていたであろうことは今になれば想像できるのですが、当時の私には、そんなことはわからない。

それは、「諦念」がもたらす静けさだった気がします。養子ということで、何となく気を遣う相手であっただろう、自分の息子(=我が父)。その息子のところにやってきた、「今時の若者」(当時)以外の何ものでもない、チャラチャラした嫁（我が母）。そんな若夫婦との同居が始まった時点で、祖母は「何も口は出すまい」と、諦めていたのではないか。

結婚当初から姑と同居するとは奇特、と私は母について思うのですが、年が離れすぎていたせいか、価値観が離れすぎていたせいか、祖母は嫁である我が母に対して、何ら口出しはしなかったようです。家事の権限はほぼ嫁に移譲し、自分は完全に隠居の身に。祖母の管轄は、仏壇と庭だけでした。

生前の母も、

「おばあちゃんは、意地悪なところは全く無かったわよ」

と言っていたものです。ま、だからこそ母は、姑と同居しながら家の外で奔放に遊ぶという暴挙に出ることができたのでしょう。

いずれにせよ祖母は、戦後の教育を受けた異星人のような嫁を迎え、「何を言っても通じまい」と、思ったのではないか。耳が遠くなってきたせいもあり、虫眼鏡で新聞を読みながら、自分の世界に生きていました。

キナ臭い関係の両親を持つ私は、そんな祖母の静寂が、好きでした。耳の遠い祖母がよく聞こえるように発声することも、私は家族の中で一番うまかった。小学生の頃は、学校から帰ったら祖母と一緒に庭の落ち葉を掃くという、一休さんのような日々を送ったものです。

私が大学生の頃、祖母は九十九歳で他界しました。それからしばしば思うのは、

「おばあちゃんにもっと優しくしてあげればよかった」

ということ。そして、

「おばあちゃんからもっと話を聞いておけばよかった」

ということ。

明治二十二年（一八八九年）生まれの祖母は、関東大震災や二・二六事件や第二次世界大戦という、私にとっては日本史上の出来事を、生身で体験してきました。祖母が住んでいた場所のすぐ近くにも、二・二六事件の時は反乱軍が来たということですから、そんな話も聞いておきたかった……。

のみならず、祖母がどんな子供だったのか、どんな青春を過ごしたのか、そしてどうして祖父と結婚してどうして父を養子としてもらいうけたのか、といったことも、聞いてみたかったなぁ……。

明治二十二年生まれの祖母と、昭和四十一年（一九六六年）生まれの私が共に暮らすということは、異文化交流に他なりませんでした。祖母が生まれた頃は、まだ十九世紀。大日本帝国憲法が発布されたり、パリ万博が開催されたりした年

です。そして私は、昭和の高度経済成長期生まれ。それはビートルズが日本にやってきたり、「笑点」の放送が始まったりした年。七十七年の年を隔てて生まれた祖母と私は、血がつながっていないながら、運命のいたずらで共に住むことになったというのに、私は漫然と日々をすごしていたのです。

ああ、無念。……との思いを募らせた私は、しばらく時が経った後、ハタと「こうしてはおられぬ」ということに、気がつきました。当時、私の祖父母群の中で一人だけ、母方の祖母が健在だったのです。

時に母方の祖母、九十九歳。まだまだ生きそうなムードは漂っていましたが、とはいえアラウンド百歳、いつ何があるかはわかりませんので、なるべく早く話を聞いておかなくては、と思った。

ちょうどその頃、私はおばあさんをテーマにした本を書いていました。様々なおばあさんについて調べていたのですが、「灯台下暗し。自分の祖母がいたではないか」ということで、話を聞きに行くことにしたのです。

母方の祖母は、明治四十三年（一九一〇年）に、鹿児島で生まれました。女子大進学のために東京に出てきて、祖父と出会って結婚し、以来東京に住むことに。

鹿児島時代の話から聞いていったわけですが、それはかなり面白い体験でした。母方の祖母も、父方の祖母と同様、私にとっては物心ついた頃から「おばあちゃん」でしかない人でした。そんな祖母にインタビューをしてみると、東京に出てくる時の緊張感、親に結婚を反対されたこと、そして結婚後、祖父が浮気をした時に飲めないお酒を無理に飲んで急性アルコール中毒になった時のこと……など、知らなかった話がたくさん。おばあちゃんも人間であり女である、というごく当たり前の事実を、私はその時初めて理解したのです。

人は、自分の人生について、意外と家族には語らないということにも、その時に気づかされました。親ですら、自分の生い立ちなどは子供にそれほど語るものではありませんし、ましてや祖父母をや。以降、私は祖父母が健在という人に対して、

「面白いから、絶対に今のうちにお話を聞いておいた方がいいわよ」

と、おすすめしております。

母方の祖母は、インタビューから二年後、百一歳で世を去りました。我が祖父母群の中で、最も長くこの世にいた、母方の祖母。祖父は、その二十年ほど前に他界していましたから、それからは祖母がファミリーツリーの中心的な存在にな

っていたものです。

私も、四十代になっても「おばあちゃん」と呼ぶことができることの幸せを感じ、祖母の家には、ちょくちょく遊びに行っていたものでした。

「あら順子ちゃん、ちょっと大きくなったんじゃない？」

とか、

「もう暗くなるから、早く帰った方がいいわよ」

などと、孫扱いされることも、ちょっと嬉しかった。

祖母の他界後、祖母の介助をして下さっていた方と、話していた時のこと。その方が、

「おばあちゃま、案外人の好き嫌いがありましたよね。だいたい、男の人の方が好きだったみたい。○○さん（私の従兄）のことは大好きだったけど、そんなに好きじゃない人には、『危ないから、早く帰りなさい』なんておっしゃったりして」

と言うのを聞いて、私はまた新たな発見をしたのです。「おばあちゃん、私に『暗くなるから早く帰れ』とか言っていたけど、それは孫の私を心配していたわけじゃなくて、本当に早く帰ってほしかったのか！」と。

祖母の晩年、既に母は他界していましたので、私は母の名代《みようだい》気分で、祖母のところに行っていました。百歳の祖母に、娘が先立ってしまったことを知らせるのはいかがなものかということから、

「最近、ようこちゃん（＝母）来ないわね」

と祖母が言う時には、

「イギリスに遊びに行って、向こうでボーイフレンドができたから、しばらく滞在するって言ってた」

という嘘をついて。

実の娘が来なくなってしまったのは、寂しかろう。その代わりに私が……と、祖母の好物などを持って通い、「親切な孫娘」気分に少しうっとりすらしていたのに、祖母の死後明かされた「私のことはそれほど好きじゃなかったのかも」疑惑。そうか、おばあちゃんは男性の方が好きだったのね。そりゃそうだ、おばあちゃんだって女子だもんね……と私は、おばあちゃんのことをおばあちゃんとしてしか見ていなかった自分を、再び反省。「おばあちゃんは好きな食べ物さえ持っていけば喜んでくれるだろう」というのは、傲慢《ごうまん》な考えであったことを、痛感しました。

考えてみれば、女子大を卒業してすぐに結婚した祖母は、祖父以外の男性を知らなかったことでしょう。明治生まれの祖父は、ワンマンタイプの男でしたから、ずいぶんと苦労した様子が、インタビューの時にもうかがえたもの。

しかし昔、母に、

「おばあちゃんってどんな人だった？」

と訊いた時、

「子供達より、夫の方が大切っていうタイプだったわね」

と言っていたことがあります。

確かに、祖父はちょっと日本人離れしたイケメンでした。祖母が、浮気をされても祖父一筋、というのもわかる気はする。子供や孫さえ可愛がっていれば充足する人ではなく、男性を愛し、愛されたかったのかもしれず、さすが南国の女。

……と、私は思ったことでした。

私はこれから、おばあちゃんになっていきます。子供はいませんので「祖母」になる可能性はありませんが、順調に年をとれば、「婆」にはなるのです。

その時になったら、周囲が自分のことを「おばあちゃん」としか見てくれないことに、私は不満を抱くことでしょう。周囲の人は、

「おばあちゃん、お身体大切にね」

とか、

「おばあちゃん、お荷物持ちましょうか？」

と、自分をおばあちゃん扱い。その期待に応えて、気の好いおばあちゃんのフリをするだろうけれど、本当はイケメンの介護士さんにうきうきしたり、腹黒いことを考えてニヤニヤしたりしているのだろうなぁ。

そうなった時、私は祖母達がかつて抱いていたであろう孤独感を、やっと理解できるのかもしれません。おばあちゃんというレッテルを貼るのはやめて。孫には一応、ニコニコしておくけど、必ずしもすべての孫が可愛いっていうわけじゃ、ないいんだからね。……と、祖母達は、言いたかったのではないか。

私の家には、祖母達の写真が飾ってあります。それはもちろん、祖母達が「おばあちゃん」になってからの写真。その写真に対して、私は、

「おばあちゃーん」

と語りかけたり、「会いたいなぁ」と思ったりしているのです。

私の頭の中では、写真と同じ風貌の祖母達があの世にいるイメージなのですが、しかしそれは私の勝手な想像なのでしょう。あの世において祖母達は、晩年に余

儀なくされていたおばあちゃんのコスプレを脱ぎ捨てて、自分が最も輝いていた時代の容姿になっているに違いありません。

一九八八年、六本木のディスコ「トゥーリア」の照明が落下して多くの死傷者が出た事故があった翌日、炬燵で新聞を眺めながら、父方の祖母が、

「私も若かったら、こういう所に行きたいものですねぇ」

と言っていたことを、当時大学生だった私はよく覚えています。「おばあちゃん、ディスコなんて行きたいの!」と。

しかし今なら、その気持ちはよくわかる。今頃祖母は、冥界のダンスフロアにおいて、蓮華《れんげ》のお立ち台に乗り、機嫌よく踊っているのではないか。

そして母方の祖母は、若き日のイケメン祖父に再会し、既に冥界にやってきている息子や娘になど目もくれず、でれでれしているような気がします。もしかすると、他のイケメンに目移りしている可能性も……。

そして私は、そんな祖母達と話してみたいなぁ、と思うのです。祖母と孫という立場を離れ、女同士で家族への愚痴とか恋バナとかを、語り合ってみたい。

それが可能になるのは、私が冥界に行ってから、ということになりましょう。あの世で祖母達が若い頃の容姿に戻っていたら、それが祖母とは認識できないの

ではないか、という不安もあるものの、祖母達との再会を楽しみに待ちたいと思うのでした。

5　生き残るための家事能力

知り合いの男性達から、立て続けに、

「家に帰りたくない」

という話を聞きました。

一人は、まだ小さい子供がいる三十歳のサラリーマン。

「何となく家に帰りたくなくて、ネットカフェでボーッとしたり、仮眠したりしてから帰ることがある」

とのこと。

もう一人は、もう子供が大きい、五十歳男性。

「妻とはずっと家庭内別居状態。なるべく顔を合わせたくないから、だらだらと会社にいたり、バーに寄ったりしてから帰っている」

ということなのです。

彼等のそんな発言を聞いて、「フラリーマンってこういう人達のことを言うのね」と、実感した私。昨今メディアにおいて、仕事が終わっても直帰せず、ふらふらしてから家に帰る「フラリーマン」が増えている、という話を見聞きしていましたが、それは本当だったようです。

フラリーマン達は、家事や育児を重荷に感じ、家に帰りたくなくなるケースが多い模様。前出の三十歳男性も、

「子供は可愛いけど、仕事で疲れて帰ってすぐに子供の相手、というのはつらい。子供が寝てから帰ろう、と思ってしまう」

と言っていました。五十歳男性も、

「家庭内別居でも、家事の負担は求められる。それをしないと怒りだす妻が怖い」

とのこと。

「家に帰りたくない」というサラリーマン達は、目新しい存在ではありません。昭和の末頃から、既に「帰宅拒否症」という言葉は存在していました。

が、昔の帰宅拒否と今の帰宅拒否は、その原因が違っている気がします。昔は、仕事で家庭を顧みない父親が多く、サラリーマン家庭では「父親不在」の結果の

「母子密着」、というケースが目立ちました。専業主婦が今よりも多かったその時代、主婦達は、

「亭主元気で留守がいい」

と思っていたのです（知らない方に注――「タンスにゴン」でおなじみの金鳥「ゴン」のコマーシャルで使用された、世紀の名コピー。一九八六年の新語・流行語大賞流行語部門銅賞）。

昭和のお父さん達は、会社こそが最も自分が輝く場所だと思っていました。男は仕事をしてなんぼ、と頑張っていたら、いつの間にか家に居場所がなくなってしまったため、帰りたくなかったのです。

そんなお父さんが定年退職すれば、妻にベッタリとついて離れない「濡《ぬ》れ落葉」などと言われることに。家事もできないものだからますます妻から迷惑がられ、結果として妻が鬱になったりしたものでした。

そういえば我が父親も、家庭内においてそのように思われていたきらいがありました。モーレツサラリーマンというわけではなかったけれど、その封建性、およびやや難のある性格のせいで、妻子との距離ができてしまった父。ガラガラと玄関の戸が開く音がすると（古い家なので引き戸だった）、それまで居間でテレ

ビを見ていた兄と私は、

「あ、帰ってきた」

と自室にそそくさと引っ込んで、以降出てこない。母親は、

「あなた達はいいわね、引っ込む部屋があって……」

と暗い顔をして、食事の支度をする、と。

昭和の家庭では、多かれ少なかれ、このように父親が煙たがられ、妻子から歓迎されていないムードが漂っていたのです。もしも自分が父親だったら、この「歓迎されていないムード」を察知して家庭外で恋愛したりするだろうになぁ、と私は思っていました。が、なぜか我が父は、むしろ世のお父さん達よりも早めに帰宅しがちだったのは、意地だったのか根性だったのか、それとも単にモテなかったのか……。

戦前であれば、完全な家父長制のもと、「お父さんが一番偉い」と、ひたすらまつりあげていれば、家庭は丸く収まったのでしょう。が、戦後に民主主義というものが入ってくると、父親の地位は次第に下落し、母親の地位は上昇。子供にも、反抗する自由が与えられるようになります。

しかし戦前の「お父さんは神様」という感覚は、戦後の家庭においても、幻肢

痛のように残り続けました。一九六〇年代には、「マイホーム主義」と当時は揶《や》揄《ゆ》された、家庭を重視する父親が注目されます。とはいうものの、お父さん達の内部にある「自分は偉い」という感覚は払拭《ふっしょく》できないため、中途半端に家庭に介入しようとする父親がウザがられるように。かくして、ナイーブなお父さん達は、帰宅拒否症となっていったのです。

家庭に居場所が無くなってしまったので、スナックのママを頼りにしていた、昭和のお父さん。対して、今のお父さん達の帰宅拒否の原因は、その時代とは異なります。今のお父さん達は、「家庭で妻に待ち構えられているのが苦痛」という理由から、帰りたくないようなのです。

昭和の時代と比べると、働く女性の割合がぐっと増えた上に、男女平等の意識も浸透している今。夫が帰宅したならばあれもしてほしい、これもしてもらおう……と、妻達は手ぐすねを引いています。仕事、家事、育児といっぱいいっぱいの妻達は、家庭内での貴重な働き手として夫を認識しているのに対し、夫はそれが負担で、家路が遠のく……。

男性が家事を担う割合は、ここしばらくの間に、ずいぶん増えたことは確かです。妻が働いている場合はもちろんのこと、専業主婦の場合も、ある程度の家事負担は求められるのが当たり前。

我が家の前には保育園があるのですが、子供の送り迎えをするのがお父さん、というケースは、珍しくなくなりました。また私の出身小学校では「お父さんの会」というものが存在し、お父さん達だけで子供のためのイベントを開いたりしているのだそう。その会のモットーは、「全ては子供の笑顔のために」だとのこと。

私が子供の頃は、学校行事に来るのも保護者会に参加するのも、お母さんでした。当時、子供に関するあれやこれやは、完全にお母さんの仕事だったのです。それを思うと、今時のお父さん達が子供の笑顔のために奮闘し、パパ友同士で交流を深めたりしているというのは、隔世の感がある。

しかし、その小学校に子供を通わせているあるお父さんが、言っていました。

「お父さんの会っていうのが、結構な負担なんだよな……」

と。イベントなどを行って子供が笑顔になるのは確かに嬉しいが、その準備はあまりにも大変。とはいえ今時、子育てに父親がかかわっていない家庭は前近代的とみなされてしまうので、参加しないわけにもいかないのだそう。

このように今、日本史上において、お父さん達は初めて、家事や育児に本格的に参入し始めたのです。そして初めて、仕事と家事育児の両立がとてつもなく大変であることにも気づき、結果、フラリーマンという逃亡者が大量発生した。

妻達はもちろん、そんな夫に不満を持っています。「今まで私がどれほど大変だったと思っているのだ。そっちが仕事帰りにふらふらと時間を潰している分、私に負担がのしかかってくるではないか！」と。

家事に関する感覚は、世代によって大きく違います。若い女性達は、家事をきちんと担う夫を持つことが女の甲斐性《かいしょう》、と考えている。若者のＳＮＳを見ていると、夫が自分のために作った料理をアピールする妻は多いし、

「友達とサンデーブランチ。夫は家で掃除してます」

といったアピールも。家事を当たり前にする民主的な夫と結婚できたこと、もしくは夫も家事を負担するように自分が教育したという事実は、若い女性にとっては誇りとなっているのです。

対して私より上の世代には、夫に家事負担を頼むことができない女性達がいます。「家事は女の仕事」という刷り込みが強くなされているため、自分がどれだけ家事や仕事でヘトヘトでも、夫に負担をかけることができない。中には「夫に家事を負担させるのは女として恥ずかしいこと」と思っていたり、また夫が手伝

おうとしているのに、

「男のくせに台所に入らないで」

など言う人も。

まだ若くてもこの手の感覚を持つ人がいる一方で、年配の男性でも「人間であれば、家事はできて当たり前」と、言われなくても家事を担う人もいるわけで、その辺りは育ち方と個人の資質に左右されるのでしょう。

ある若い女友達は、仕事も家事も育児も、奴隷のようにこなしています。そのヘトヘトな顔を夫にアピールすることが、彼女にとって唯一の「手伝ってほしい」という意思表示なのですが、当然夫は気づくはずもない。疲れ切った顔の妻に嫌気がさして不倫に走る、という昭和っぽいケースもあるのです。

そういえば私は、同居人と生活しつつ、好きな時に出張に行ったり一人で旅行に行ったりしているのですが、ある若い女性から、

「同居人の方、理解があるんですね！」

と言われたことがあります。女は基本的に家にいるものであり、夫なり同居人なりの「理解」を得ないと外に出ることはできないという感覚を、まだ三十そこその女性が持っているということに、私は驚愕。

「ケアが必要な子供や親がいるわけでもなし、その前に『嫁』ですらないのに、理解も何もないのでは？　自分で働いて自分で食べているのだから、出張も旅行も好きな時にするでしょう」

と言ったのですが、彼女にその意味が理解できたかどうか……。

彼女のお母さんは、専業主婦。子育てが終わった後、夫に「理解」してもらってパートに出て、夫の「理解」があった時だけ、友達と旅行や食事に行く、という人です。男性の「理解」を得た時のみ、家事から離れた女性のプライベートライフは成立し得る、という感覚で彼女は成長したのでしょう。

彼女はおそらく、褒め言葉として、

「理解があるんですね！」

と言ったのでしょう。しかし公私共にフリーランスの生活が長く、自分の行動に誰かの「理解」が必要とは考えたこともなかった私は、その新鮮な感覚にびっくりしたのです。

その観点でいうならば、今は夫婦が互いに「理解」を要求しあう時代となっています。昔は、夫が一方的に妻に「理解」を与え、夫は何をしようといちいち妻の理解など必要としていなかったわけですが、今はそうはいきません。夫婦共に働きつつ子供を育てるとなると、互いのスケジュールを緻密に把握していないと、生活は成立しない。互いの予定を確認し、子供の送迎や突然熱を出した時の対応などを調整。飲み会が重なってしまった時は、実家の親を呼び寄せたり、それも無理な場合は互いの飲み会の重要度を天秤《てんびん》にかけて、どちらかが諦める、というように。

夫は外で仕事をし、妻は家で家事と育児、という性別役割分担がはっきりと決まっていた時代は、そのような苦労は必要ありませんでした。主婦のことを「セックス付き女中」と言った時代が実際にありましたが（もちろんセックスレス時代より前のこと。一部、時代にそぐわない表現が入っております）、その頃の妻は家に常駐して、二十四時間体制で家事をしていた。主婦がいなくては家族の生活が立ち行かなくなるため、同窓会や結婚式等、特別な時だけ夫からの「理解」や「許可」を得て、妻達は外出していたのです。

向田邦子《むこうだくにこ》の作品的世界において、お父さん達は会社帰りに何をしようと自由でした。あの時代は、仕事関係の人と飲んだ帰り、家にその人達を突然連れてくるという行為も当たり前に行われていたようで、何時であっても気の利いたおつまみを来客にさっと出すのが「良い妻」とされた。

その後、通信手段の発達によって、お父さん達の行動は次第に制限を受けるようになりました。「カエルコール」とのキャンペーンをＮＴＴが展開したのは、一九八五年のこと。これは男性に対して、「今から帰る」とか「何時頃に帰る」といったことを妻に電話せよ、とうながすキャンペーンでした。コマーシャルでは、メガネにスーツのサラリーマンが黄緑色の公衆電話を使用し、

「もしもし、うん、オレだ。今から帰る」

と妻に電話する姿が映っています。妻は家で料理をしながら、にこやかに応対している。

実際は、会社の電話を使用してカエルコールを妻にかけた人が多かった気はします。が、ＮＴＴのコマーシャルで私用電話を推奨するわけにはいかなかったので、公衆電話でのカエルコールとなったのではないか。

コマーシャルでは、

「カエルコール　ありがとう。」

というコピーが使用されており、当時の妻達は、夫のカエルコールを「ありがたい」と思ったようです。ということはこのキャンペーン以前のお父さん達は、当日の予定を妻にロクに伝えていなかったものと思われる。せいぜい、「今日は

ではないか。

食事はいらない」とか「遅くなる」程度で、具体的なことは言っていなかったの
　妻側からしたら、夫の食事を何時に用意すればいいかわからないのは、非常に困ります。向田邦子的世界の妻達は、夫が帰るまでは着替えもせずに待っていましたが、昭和も末期になれば、夫の帰りが遅くなるのならば妻は先に風呂に入ったり、なんなら先に寝床に入ったりもしたい。だからこその「カエルコール　ありがとう。」だったのではないか。

　それから時代はさらに進み、人々は個人毎《ごと》に通信機器を持つようになりました。電話以外にも、メールだのＬＩＮＥだのと様々な通信手段が登場し、夫はわざわざ公衆電話を使用せずとも、いつでもどこでも妻に予定を報告することができるように。夫は妻に「理解」を求めつつ、行動するようになったのです。

　スマホなど通信機器の発達は、夫婦の関係に様々な変化をもたらしました。夫婦間の連絡のみならず、性別役割分担が崩壊した夫婦間では、互いの仕事のスケジュールを把握することによって、家事育児のシフトを決定することも可能。向田邦子的時代と比べると、夫婦間の連絡はぐっと密になりました。

　一方でスマホは、夫婦関係に容易にヒビを入れることができる道具でもありま

す。夫婦間の連絡を密にしたスマホは、配偶者以外との連絡をも密に、そして密《ひそ》かに取ることができる道具。ネットによって、未知なる相手や旧知の相手とも、ダイレクトにつながることができるようになったのであり、夫も妻も、相手の知らないプライベートライフを楽しむようになります。

家事の担い手として家でも休むことができず、家事をしたらしたで妻からそのやり方や出来栄えに対して文句を言われることに嫌気がさしてフラリーマンと化した夫が、スマホを利用して、家事分担などと言い出さない若い女に走る……、とか、妻の側でも何だかんだ言ったところで自分にばかり負担がのしかかる家事や子育てのストレスから逃避するためについスマホに手が伸びて、新しいときめきを求める……、といった事例は多々あるのです。

家事というと、誰にでもすることができる単純作業というイメージを持つ人も、いるかもしれません。だからこそ男性達は、家事を舐《な》めていたところがあるのではないか。

しかし家事は、舐めてかかってては決してできない仕事です。時が経てば解決されるものでも、誰かが助けてくれるものでもない。放っておけば生ゴミは異臭を発し、風呂はぬめりゆくのみ。日々待った無しの作業を続けたとて、誰も褒めてくれないし報酬も発生しないという、ブラックな仕事でもあるのです。

家事の意外な大変さを初めて知って、男性達は今、戸惑っているところなのでしょう。かといって向田邦子的世界のように、何の文句も言わずに朝から晩まで奴隷のように家事に勤《いそ》しんでくれる妻は、もういません。家に帰る時間を遅らせたからといって、生ゴミが自然とどこかに消えるわけではないという事実が、そろそろ男性達にも沁み入る頃なのではないかと、私は思います。

〈追記〉新型コロナウイルスのパンデミックよりも前に書いた、この文章。コロナ時代となって誰もがステイホームせざるを得なくなった時、フラリーマン達の家庭では様々な悶着《もんちゃく》が発生したものと思われる。

6　家庭科で教えるべきこととは？

小学生の時、家庭科の時間での初めての調理実習で作ったものは、杏仁豆腐《あんにんどうふ》だったように思います。とはいえもちろん本格的なものでなく、牛乳を寒天で固めて缶詰の果物を載せる、といった感じ。友達と一緒に料理をするのは、たいそう楽しかったものです。

当時、「家庭科」という授業について、私は単なる「ＫＡＴＥＩＫＡ」という音の響きでしか捉えていませんでした。が、今になってやっと気づいたのは、それは将来「家庭」を営むために必要なことを学ぶ「科」だった、ということです。

将来、生まれ育った家庭を出て、自分で家庭を持つということなど、微塵も考えていなかった私。結婚・出産に対する夢や希望も抱いてはいませんでしたから、家庭科という科目が意図するところは、全く理解していませんでした。家庭科の授業は、幼い頃のままごと遊びの延長線上にある息抜きタイム、程度の感覚だったのです。

しかし考えてみれば、家庭を持った時のことまで子供に教えようとするとは、日本の学校教育はなんと手厚いことでしょうか。我が国においては家庭科という授業によって、「家庭は、こうあるべき」という姿を子供達に教えようとしていた、と言うことができるかもしれません。

かつて日本の中学では、女子が家庭科の授業を受けている時に、男子は技術の授業を受けている時代がありました。女は家の中の仕事をして、男は外の仕事をするものと、学校で教えていたのです。そのようなあからさまな区別というか差別はさすがに「いかがなものか」となったようで、その後は中学や高校でも、家庭科が男女必修になりました。

「家庭科は女子のみ」の時代の最後の方に育っていた気はするのですが、女子校だったもので、男女の別には気づかなかった私。そういえば、共学校に通っていた兄は、中学の時、「技術」の時間とやらに、ノコギリやトンカチで、木工品のようなものを作っていた気が……。

しかしその後、兄は日曜大工的なことは一切せず、成長していきました。何でも売っている世の中において、木工とか製図とかいった技術を実際に生活で活かす男子は、ほとんどいなかったのではないか。

一方の家庭科についても私は、ずいぶん無駄なことを学んでいたものよ、と思っています。たとえば「あれは中学時代の最大の無駄だったのではないか」と今でもよく覚えているのは、家庭科の最初の数ヶ月を費やして、浴衣を縫ったこと。

我が校においては、毎年、家庭科で中一が必ず経験しなくてはならない通過儀礼が「浴衣を縫う」という作業だったのですが、それはいわゆる「和裁」なわけです。厳しいおばあちゃん先生が教えてくれる和裁用語の意味もわからず、私は家庭科の時間が苦痛で仕方ありませんでした。親も和裁など知るはずがありませんから、家に持ち帰って、祖母に全て縫ってもらったものです。

やっと浴衣が出来上がり、学校で皆で着てみた時はそれなりに楽しかったのですが、しかしその後の人生において、和裁をしよう・したいなどと思ったことは一度もナシ。和裁の必要性を感じたこともナシ。「つらかった」という記憶だけが、今に残ります。

家庭科においては、編み物を学習したこともあったのですが、これもまた私にとっては地獄の時間でした。編み物学習中、冬休みの宿題は「赤ちゃんの靴下を手編みで仕上げる」というものでした。今考えればそれは、将来の子産み欲求を涵養《かんよう》するという狙いも込められた課題だったのかもしれませんが、あいにく私は、赤ちゃんにも編み物にも、ピクリとも興味を持つことができなかったのです。

悪いことに、母も祖母もまた、編み物にはまるで興味が無いタイプ。仏様のように優しいご近所さんに丸投げして、編んでもらったものでしたっけ。

このように、「家庭って、面倒臭いものなのだなぁ」ということだけを私に植えつけた、家庭科の時間。おそらくその頃はまだ、手作り信仰のようなものがあったからこそ、浴衣や赤ちゃんの靴下を作らされたのだと思います。

その後わかったのは、「今の世で、衣服を手作りする必要性は、全く無い」ということでした。浴衣も靴下も、買った方がずっと安いし見栄えも良い。当時、手編みのセーターなどをボーイフレンドにプレゼントするという行為が流行ってはいましたが、その手の行為をしたがる人達は、学校で習わずとも、モテたいがために自分でどんどん技術を習得していきました。

さらに言うなら、少し時間が経つと、手編みのセーターをプレゼントされるのは「重い」と思う男子が多くなって、手編みブームは沈静化。「着てはもらえぬセーター」を情念込めて編むのは演歌の世界の話となり、センスのよいセーターを買ってプレゼントする女子の方がモテるようになったのです。

今の家庭科の授業では、もう浴衣の縫い方のようなことは、教えていないでしょう。とはいえ浴衣で花火を見に行くことは流行っていますから、求められているのは、縫うことよりも「バカボンみたいに見えない浴衣の着付け法」ではないか。

家庭科というのは、戦後の新しい教育制度の中で発生した教科のようです。それ以前は、当たり前のように洗濯板で洗濯をしたり、カマドでご飯を炊いたりと大人の手伝いをさせられていた子供達は、わざわざ学校で家庭にまつわるあれこれについて習う必要はなかったのかもしれません。

強制的な労働としてさせられる家事ではなく、もっと民主的な家庭を営むために、近代的で合理的な家事能力を身につけなくてはならない。……ということで、戦後になって学校教育に取り入れられたのが、家庭科だったのでしょう。

その頃は、「男は家の外で働いて、女は家の中のことをする」というのが当然の感覚でした。国としても、性役割分担をはっきりさせることによって日本を動かしていきたいということで、家庭科という授業は組み立てられていたはず。

しかしそれから、時代は変わりました。男は外で女は家という原則は次第に揺らぎ、どちらも外に出るが故に、どちらも家のことをしなくてはならなくなってきたのです。

家庭科導入当初は、人は大人になったら結婚して子供をつくり、家庭を持つのが当たり前という感覚が存在していました。が、今はそれも、おぼつきません。家庭を持つのは当たり前という感覚が強すぎて、どうしたら家庭を持つことができるかを若者達に教えてこなかったせいなのかどうかはわかりませんが、結婚しない／できない人が大量発生。異性とつがいを作るばかりでなく、同性とつがいを作る人や、自分の性に違和感を抱く人も、珍しくない。……ということで、「家庭」のイメージは一様ではなくなってきたのです。

人は皆、異性とつがって結婚する。結婚したら、男が働いて女は家事をする。この感覚を信じていた時代の人は、

「ま、女は一生、ノコギリの使い方を知らなくても大丈夫」

とか、

「男が厨房に入る必要は無し」

と思うことができました。「技術」と「家庭科」が男女で分かれていたのは、それ故。

対して今は、家事も仕事も、分担時代です。運良く、家事の全てを担ってくれ

る配偶者を得ることができたとしても、人生百年時代ということで、人生の終盤になって配偶者との離別や死別により、一人で暮らす可能性が十分にある。だからこそ今は、男女を問わず、家庭内で発生するあれこれを最低限処理できるようにしておかないと、楽しく健康に生きていくことができないのです。

そんな今、家庭科という科目の重要性は増しているように私は思います。家庭科の授業は、衣食住に関してまんべんなく教えるカリキュラムになっているようですが、中でも最も大切なのは、おそらく食。ここしばらく、食育の大切さが世間で強調されていますが、まずは食べることの次に、衣とか住がついてくるのではないか。

浴衣と編み物で、家庭科がすっかり嫌いになった私は、家庭科の成績はいつもパッとしませんでした。結果、ろくに料理もできないまま大人になったのですが、その後は男女交際などを通じて、料理を学んだ気がする。また、とにかく「自分が食べたいものを食べたい」という強い欲求が、私に料理をさせたという部分もありました。

夫婦仲は良くなかった我が両親でしたが、「食べることが好き」という部分においては一致していたことは、私にとって幸せであったと思います。食卓の空気が殺伐としていた時はままあれど、割とバランスよく、美味しいものを母親が作ってくれていたお陰で、私はそう大きくは曲がらずに（ねじれてはいるが）、成長した気がします。殺伐とした空気の家庭の食卓に並ぶ食べ物も殺伐としていたら、子供にとってはかなりつらかったのではないか。

このような私の感覚は、今の時代に通用しないものなのかも、とも思います。母親が専業主婦で料理好き、かつ三世代同居だったため、我が家の食卓には、色々な世代向けの色々な料理がびっしりと並んでいました。三食そしておやつも手作り、というのが「当たり前」そして「まっとう」と、私は思って育ったのです。

今でも私は料理をする時、食卓を皿で埋めたくなり、食卓に空間があるのが嫌。……なのですが、しかしそんなことをしていると、とても疲れます。まだ私は居《い》職《じよく》である上に子供はいないので家事時間に余裕がありますが、子持ちの勤め人であったら身体がもたなかろう、と思う。

手をかけた、美味しいものは食べたい。しかしそれを日々こなしていると、疲弊していく。仕事・家事・育児を全て満足いくまで突き詰めていったら、女性の負担はどこまでも増えていってしまう……。

そんなことから「上手に手抜きをしましょう」という声も、今は多いものです。コンビニご飯だってピザのデリバリーだっていいじゃないの、と。いや本当にその通り、と思いつつも、コンビニご飯を親から与えられている子供を見ると、つい「可哀想」などと思ってしまう私がいるのでした。女性ばかりに家事負担がのしかかるのはけしからん、と言う一方で、働くお母さんがコンビニご飯を子供に与えることを「可哀想」と見るのは、明らかに矛盾しています。

私のこの矛盾した感覚は、やはり世代によるものなのでしょう。親世代は専業主婦が多く、専制的な父親にムッとしつつも、学校から帰ったらお母さんが家にいるのは当たり前、お母さんが手をかけた料理を毎食ずらりと並べてくれるのは当たり前、と思っていた私。

「お母さん、こんなに手をかけた料理をしなくていいから、少し休んでよ」

などと母に言ったことも、ありません。やはり、「男は技術、女は家庭科」という感覚が、私の中にもあるのです。

同世代の友人達を見ていると、「家の事は女が」との呪縛に囚われている人は多いものです。自分も専業主婦となり、

「息子がキャリアウーマンと結婚して家事とか手伝わされるのは可哀想」

と言う人。
「夫とか子供には、家事に手出しをさせないの。自分のやり方じゃないと、気持ちが悪いから」
と言う人。そして私のように、専業主婦ではないのに、「コンビニご飯、可哀想」と思ってしまう人……。

しかし、仕事でくたくたのお母さんが、家族のために栄養豊富な料理を毎日作り続けるというのは、明らかに現実的ではありません。日本人が料理をはじめとした家事に求める高いレベルを少し落とす必要もありましょうし、何よりも「家事はみんなでするもの」という感覚の共有が必要。

そうなった時にクローズアップされるのが、家庭科という科目の重要性です。すなわち、お父さんも「腹を満たすため」だけではなく、手軽かつ健康的な料理を作るべき。子供もまた、高校卒業くらいまでには、ジャンクではないフードを自分で調理・調達する術《すべ》を身につけるべき、と学ぶために。

もちろん、必要なのは食に関する知識だけではありますまい。ゴミをどのように分別して、出すか。断捨離の仕方。ルンバの活躍が期待できない、狭くて物の多い家での掃除法。電球の取り替え方。電化製品の配線方法。自分が汚したトイレは自分が掃除するという精神。……など、いざとなったら一人でも生きていくことができるようになるためには、知っておくべき「家庭」にまつわる事象はたくさんあります。もちろんゴキブリやオレオレ詐欺の電話への対処法も、必要になってきましょう。

和裁はもちろんのこと、洋裁であれ手芸であれ、その手のことはもう必要ありません。ボタンつけくらいはできた方がいいでしょうが、今の時代、洋服を自分で作るというのは、趣味の領域。それよりも洗濯の方法を、干し方や畳み方も含めて、具体的に知っておいた方がいい。

昔の家庭科では、「お母さんが愛情をもって頑張れば、家族全員が豊かな家庭生活を送ることができます」という姿勢がベースにありました。が、今時の家庭科に必要なのは、「一人一人が、人生を最後までサバイブしていくために必要な能力を身につけましょう」という姿勢です。家事能力は、身につけておいても決して邪魔にはならないのであり、シニアのための家庭科教室もあっていいのかも。

妻に先立たれてしまったシニア男性を見ていると、家庭科の必要性をひしひしと感じるものです。今のシニア男性は「家事は女がするもの」と思って生きることができた世代ですから、家事能力を持つ人は少ない。そしてなぜか、妻に先立たれるとは思わずに生きていたりもするわけで、予想に反して夫が一人残されると、生活が一気に乱れていくのです。

色気や甲斐性に恵まれている人の場合は、新しい彼女を作ったり、高級高齢者施設に入ったりすることもできましょう。しかし妻に先立たれた普通の男達は、みるみるうちに痩せるか太るかしていくものです。痩せる人は食べることが面倒になるものと思われますし、対して太る人は、栄養のことなど全く考えず、手軽に食べられる炭水化物と油物ばかり摂取しているものと思われる。

かつては社会的な地位も得ていたおじいさんが、妻に先立たれてジャンクな食生活となって太りゆくのを見ると、「学校の勉強の中で、最後に大切になってくるのは家庭科なのかも」と思うのでした。算数や英語がどれほどできても、生活の基礎的なことができるようになるわけではありません。家庭の姿が変化し続けていく中で、家庭科という教科の可能性はまだまだ広がりましょうし、家庭科の授業を楽しむことによって、家庭に対する夢・希望を持つ若者は増えるのではないかと思うのでした。

7　心配されたくて

新入社員時代、

「ホウレンソウ、これが大事」

と先輩から言われたことがあります。すなわち若手の社員は、先輩なり上司なりに、何かある度に報告、連絡、相談をしなさい、と。

私は、しかしこのホウレンソウが全て苦手でした。「面倒臭い……」と、何か問題が発生しても自分のところで滞留させ、そうしているうちに問題は肥大化。ますます上司に報告も相談もしづらくなる、と。

ホウレンソウが大切なのは、企業においてだけではありません。社会の中で最も小さな単位と言われる家族においても、ホウレンソウがスムーズに行われていると、その運営はうまくいくのではないか。

私も、小さい頃は親に何でも話していたのだと思うのです。幼稚園やら学校やらで、こんなことがあった、あんなことがあったと親に報告することを喜びとしていたはず。

しかし年齢が二桁に届きそうになれば、子供の心は全て親に公開されるわけではなくなります。親には話さず、友達にだけ話す体験。誰にも話さずに自分の中だけで発酵・熟成させる、エロい興味や黒い欲望。親に公開されない心の範囲は、じわじわと増えていくことになるのです。

私の場合、特に明るい性格でもなかったので、幼児の頃の無邪気さが消えると、家の中でもめっきり無口になりました。さらには、父親の性格を鑑《かんが》みた時、「下手に報告だの相談だのをして、機嫌を損ねるのも面倒臭い」と、中学生の頃からは何でも自分の中で処理をするように。

とはいえ既に記したように、我が家では母親が、自分のボーイフレンド達をいちいち私に見せていたので、私は「そういうものだ」という感覚だけは持っていたようです。高校生になって異性の友達ができると、彼等は必ず私の家に来て親に紹介されていましたし、本格的にボーイフレンドができるようになれば、デートだろうと旅行だろうと、母親にはちゃんと報告していました。勉強や成績といった辛気臭い事柄に関するホウレンソウは不得意でしたが、こと性愛に関してはきっちり連絡するというのが、我が家のローカルルールだった。

子供達に一切の行動制限をかけなかったことも、我が家の変わった感覚だったと、今になっては思います。高校生になれば、何時に出て行こうが何時に戻ろうが、親は何も言わないように。夏休みなど、友達の家を泊まり歩いて何日も帰らないこともありましたが、特に心配はしていないようだった。

今、高校時代の友人と、

「なぜあの頃、親達は私達のことを心配しなかったのか？」

と、話し合う時があります。子を持つ友人達は、自分の子供のことは心配でならないのだと言います。大学生になった男の子であっても、帰宅が夜十時を過ぎるとソワソワしてしまう、と。

「でも私達の高校時代は、夜十時過ぎから出かけたりしていたじゃない？　娘にあれを容認する親って、何だったのかしら」

と、親になった今だからこそ思うらしい。

昔は、今よりも若者が粗雑に扱われていたものです。厳格に育てるにしても、放任で育てるにしても、「多少手荒く扱っても大丈夫」という感覚が、親にはあった。

対して今、子供というのは希少かつ貴重な存在ですから、親達も丁寧に扱っています。下手に人権を無視した行動に出たら、実の子であってもハラスメント扱いされかねないわけで、子供達は曲がらないように、傷つかないようにと、宮崎マンゴーのように大切に育てられている。

我が家の場合は、親も「心配をしないタイプ」ではありましたが、私自身もまた、「親に心配をかけないタイプ」の子供ではありました。ツッパリ（今でいうところのヤンキー）などの不良が当時は同世代にたくさんいたのですが、「あの人達はきっと寂しがり屋だから、親だの先生だのに心配をしてもらいたくて、規則を破っているのだろう」と思っていたのです。

私はといえば、親や先生が自分の生活にかかわってくる方が面倒臭かったため、悪事を行うにしても、決してばれないよう、巧妙に立ち回っていました。幸いにして、なのか不幸にして、なのかはわかりませんが、要領と運が良かったので、悪事は親にも先生にも官憲にも、ばれることはなかった。勉強も、先生に目をつけられない程度にはしていたので、親が学校に呼び出されることもない。

そんな私も、少し寂しい時はあったのです。学校では、明らかなワルだったり成績が低迷したりしている友人達のことは、先生方もいつも気にかけていました。

その手の友人達は、えてして「本当は気の好い子」だったりするので、先生方も可愛く思ったのでしょう。反対に、「心配をかけない」というのは「存在感が薄い」ということでもあり、先生から可愛がられることもなかった私は、そんな子達のことを「いいなぁ」と思っていた。

家庭においても、兄と比べて私は、「順子ちゃんのことは、心配しなくても大丈夫」と目されていました。兄は、長子らしくのんびり、ぽわんとしたタイプ。親に怒られるようなことを平気で、それもわざわざバレるようにやらかすので、親はいつも、

「お兄ちゃんが心配よ」

と言っていた。

対して私は、そんな長子を見て「どうしてあんなことするかな」とニヤニヤ笑うという、末子的狡猾《こうかつ》さを、しっかりと身につけていたのです。傷だらけになってモタモタしている兄の脇を、いつも無傷でするっと抜けていくのが、私。

進学でも就職でも、兄のことは親が寄ってたかって心配していたのに対して、私は自分の力で何とかしていました。それなりにピンチの時もあったのですが、「とはいえ、今さら親に相談なんてできないしなぁ」ということで、ピンチにあ

ることを親には悟られないよう、自分で処理したのです。

就職をする時も、会社を辞める時も、実家から出る時も、親には何も言わずに自分で決めて、するっとぬるっと生きてきた私。いつまでも結婚しないことは心配だったとは思いますが、それなりに自活はしていたので「ま、いいか」と思っていたのではないか。

しかし今、いい大人になり、親達もいなくなってから浮上するのは、

「こんな私のことが、果たして親は可愛かったのだろうか？」

という疑問なのでした。確かに心配も面倒も、親にはかけなかった。しかし親というのは、心配や面倒をかけられてこそ、子のことをより愛おしく思うのではないか。

私はといえば、心の内側を親には決して見せず、見せないくらいならまだしも、一方ではそれを恥ずかしげもなくエッセイに書いて口を糊するという捉えどころの無い娘。親はそんな娘の扱い方に苦慮していたに違いありません。

専業物書きになってからも、自分の仕事のことは一切、親にホウレンソウしなかった私。それでも私が書いた本や雑誌を密かに買っていたりするのを見れば、「あら、親心」とは思いましたが、「いやでもきっと、ずっと親に心配をかけてい

たお兄ちゃんの方が、親にとっては可愛かったのでは……」と思うのです。

思い返せば、あれはまだ母親が生きていた頃のこと。私はとある仕事で、年末に第九の合唱をすることになりました。会場は、東京国際フォーラム。ステージの前方にはオーケストラとソリスト、後方に合唱隊が並びます。合唱に参加する人数はかなり多かったので、ひな壇は相当な高さとなりました。

それは、「第九が歌いたい」と熱望する素人のための会でしたので、会場は立派でしたが、集客はそう望めません。私も、割り当てられたチケットを親などに配付し、我が母も友人と一緒に見に来てくれたのです。

そして、本番。合唱隊の並び順を決める時、ものすごく上の段を指定された私は、落ちないようにと踏ん張りながら、歌い上げました。難しい曲ではありましたが、それだけに達成感があり、楽しいひと時だったのです。

全てが終わって帰途につく時に携帯を見れば、母親からのメールが。そこには、

「おつかれさま。段から落ちないかと心配した」

と、書いてありました。

いかにも「おかんメール」的なぶっきらぼうな文章ですが、私はそれを読んだ瞬間、ものすごく嬉しかったのです。親から心配されない人生を延々と歩んでき

たけれど、こんな大人になって心配してもらえるなんて！　と。

意外なほどの嬉しさを噛みしめつつ、私は「ああ私、本当は心配してほしかったのだなぁ」と思っていました。親に心配されたり干渉されたりするのが面倒臭いからと、ホウレンソウを一切せずに生きてきて、親も親でそれに慣れて、私を放置していた。けれど私は、どこかで「私のことも心配してー！」と、思っていたのではないか。

その時、とうに四十は過ぎていた私。母親は六十代だったのであり、親子関係としては、既に私の方が親の心配をする側になっていました。どの親子でもその年頃になれば親子の逆転現象が起こるかと思いますが、何かするにしても、主導権は私が持つのが当たり前となっていたのです。

さらには仕事の面でも、周囲の人から心配されることは、もうなくなっていました。ある程度の経験も積み、締め切りも守るタイプの私は、やはり「ま、あの人は適当にやっていくでしょう」と周囲から思われつつ、するっと働いていたのです。

そんな時期であったからこそ余計に、「段から落ちないか」と、母親から小さな子供のように心配されることが、私は嬉しかったのでしょう。私にも心配してくれる親がいるのだな……と、暖かな布団を掛けられたような気持ちになった。

その翌年に、母は他界しました。以降、年末に第九を聴く度に、私は母親がしてくれた〝最後の心配〟のことを思い出します。

私はこれから一生、第九は歌わないに違いありません。合唱が嫌いではないのですが、次にもしも第九を歌ったなら、視線の先の客席に、かつて私を心配してくれた人が座っていたことを思い出し、歌うどころではなくなってしまうと思うから。


若年期、親に心配をかけないようにしすぎたせいなのか、私は今でも「心配」に飢えているのだと思います。以前、幼児だった姪《めい》と散歩をしている時に、

「あ、わんわんだ〜」

と駆け寄った姪と犬の間に「あぶないあぶない」と割って入ったら、その犬が私にじゃれかかってきたことがありました。それはかなりの大型犬であったため、私と犬ががっぷり四つの格好に。

それを見た姪の、

「大丈夫……？」

という言葉にも、私はじーんとしたことでした。まだ幼児の姪が心配してくれるだなんて、おばちゃん嬉しいっ、と。

そんなわけで、心配に飢えている私を殺すのに、刃物はいりません。もう少し年をとったなら、突然の電話で優しく心配の声をかけてくる知らない人に対して、ほいほいとお金を振り込んでしまいそうな気がする。

今、私の年頃の人達は、心配盛りの時期を迎えています。子供はそろそろ手を離れるけれど、進学やら就職やらと、最後の心配が残っている。親に対しては、老後の生活そして介護の心配が。……と、親に対しても子に対してもケアをしなくてはならないのです。

親も子も無い状況の私は、そんな友人知人を「偉い！」と見ているのでした。彼女達は今、〝心配の主体〟として、家の中になくてはならない存在となっているのだから。

〝心配の主体〟達は、だからこそストレスも抱えています。友人達を見ると、今は「父親が先に他界し、母親だけが残っている」というケースが最も多いのですが、そのケースにおける娘達は今、一人残ったお母さん達から発せられる、

「私のことをもっと心配して！」

という有言・無言のプレッシャーを、ひしと感じている様子。

友人達で集まると必ず出てくるのは、その手の愚痴です。

「パパが生きてる時は気にならなかったんだけど、パパがいなくなってからのママが重くてたまらない！」

「わかる、夜となく昼となく電話をかけてくるし、『私って可哀想』アピールがもう激しくって！」

などと。

その気持ちは、私もよくわかります。確かに夫婦がユニットとして存在している時は、互いの個性の受け止め手が家の中に存在しているので、問題は家の中で収まるのです。が、一人が先立ってしまうと、残された方の個性の照射先が、家の外へ向かう。特に娘は、女親が最もわがままを言いやすい相手として、

「もっと私の心配をしてほしい」

という欲求を一手に引き受けることに。

我が家でも、父が先立ち、母が一人でいる時は、

「一人での食事なんか本当にどうでもよくて、私なんかキッチンで立って食べてるからすぐ終わっちゃうわ」

といった可哀想アピールが、強くなされたものです。しかし心配されることに慣れていない私は、心配することにも慣れていませんでした。その上、母親は常に誰かと一緒にいる生活をしてきましたが、娘は一人でいるのが大好きなので、「一人が寂しい」といった感覚も、よくわからない。

母を食事に連れていったり、実家に食事をしに行ったりと、自分なりに努力をしてはいたのです。が、本当に彼女を満足させることは、私にはできませんでした。というより、可哀想アピールに対して「チッ」と思いつつ親孝行ぶりっこをしていたことが、母親にはばれていたのではないか。

母親が一人で残った時、ついつい娘に対してしてしまう、可哀想アピール。それは、「自分は子供のことを愛してきた」という自負の表れなのかもしれません。だからこそ娘には、自分を心配してほしい。もっと自分のことを見てほしい。……と、それは幼児が親に対して行うアピールとも似ています。

愛した相手から、愛されたい。心配した相手から、心配されたい。……という、感情の等価交換をつい求めるのが、人間の常。しかし必ずしもそうはいかないのも、人間の常。かつては、身を粉にして子育てして年をとった女性のことを、子や孫が大切にし、次の世代でもまた同じことを……という順繰りのシステムが確立していましたが、今はそううまくもいきません。そもそも子孫がいない人も多く、いたとしても今時の親や祖父母は、子や孫に迷惑をかけることをよしとしないのですから。

「いつか自分に戻ってくるもの」だった家族内での愛情や心配は今、掛け捨て状態になっているのかもしれません。しかしそれでも人は、家族のことを心配し続けるのでした。子や孫にかけた愛や心配が、自分に戻ってこないかもしれないけれど、それでも思いを寄せずにはいられない。経済の原理からは離れた感情のやりとりがなされる場こそが、家族というものなのでしょう。

8　修行としての家族旅行

夏休みやゴールデンウィーク、そして年末年始など、混んでいる時期に家族旅行をしている人達を見ると、純粋に畏敬の念が湧いてきます。東京駅も羽田空港も、はたまた人気の観光地も、人また人。子供は泣き叫び母親は怒鳴りちらしお年寄りは困惑し、のみならずそこに外国人観光客も交じり込んで異国の言葉も乱れ飛び……と、そこはバベルの塔もかくやの生き地獄。

その手の時期は、飛行機や宿泊施設の料金も、高騰しています。混んでいるわ高いわと、ストレスフルであることがわかっていても、それでも家族は旅行をするのです。その時は大変でも、後からきっと、「行ってよかった」と思うはず。インスタにもアップできるし、子供の夏休みの絵日記もアップできる。バブル崩壊以降、「モノより思い出。」（by日産セレナ）な時代は続いているのであり、貴重品である子供に思い出をたくさん残してあげるために、親御さん達はストレスを背負いながらも、旅行をするのです。

家族という集団から既に足抜けしている私としては、その姿にひれ伏すような気持ちになるのでした。私は、家族のみならず、社会人としても何ら団体に属していない身。ということは、混んでいる時期に混んでいる場所に行かなくてもいいわけで、盆暮れはいつも自宅で、「家族がいない」という事実を嚙みしめております。

私がもしも家族を持っていたとしても、お盆やゴールデンウィークの家族旅行は、していなかったのではないかという気がしてなりません。子供に、

「どこかに連れていってよーう」

と泣いてせがまれても、せいぜい弁当を作って近所の公園に行く程度でお茶を濁したのではないか。

我々世代は、既に子供も大きくなっているので、子供と一緒に旅行に行く人は、減ってきました。その代わりに求められているのが、親を連れていく旅行です。親達は、

「どこかに連れていってよーう」

とは泣き叫ばないものの、

「○○さんは、娘さんが香港に連れていってくれたんですって」

といった言葉で、子供達にプレッシャーをかけます。そして「子供に旅行に連れていってもらった」という事実をインスタにはアップしませんが、友人やご近所さんへのお土産の配布という行為によって、アピールするのです。

親御さんが健在の友人達は、ですから修行のように親孝行旅をしているのでした。見事に修行を成し遂げた人は、

「両親と箱根の温泉へ。足が悪い父のために、バリアフリーの宿を探しました。喜んでもらえてよかった。長生きしてね！」

といった文章を画像と共にSNSにアップ。「親孝行ね」「ご両親、お元気ですね」といったコメントを得ることによって、親孝行任務完遂、となるのです。

私も親が健在の頃は、根性を振り絞って、旅行に連れていったものでしたっけ（ごくたまに）。しかしこんなにぶっすりした娘と旅行をして、親は楽しかったのかどうか。それは今でも、疑問として残っています。子供が幼いうちは親が子を、子供が育てば子が親をどこかに率いてゆくことは、家族の務め。私もあの頃は、親との旅を年貢感覚でしていた気がします。

今の親御さん達を見ていて、もう一つ大変だなぁと思うのは、子供がほとんど

赤ちゃんのうちから、毎年のようにディズニーランドに連れていっていることです。私が子供の頃はディズニーランドはまだ無く、行くとしたら後楽園（当時）か豊島園（当時。「としまえん」と表記変更し、二〇二〇年八月末に閉園）。それでも、お金がかかるレジャーを嫌う我が家では、滅多なことでは足を運ばなかった気がします。無論、「プリンセスの格好をしたい」などという欲求が、私の中に発生したこともありません。

しかし一九八三年に東京ディズニーランドが開業して以来、日本人にはディズニーの魔法がかけられて、親御さん達はせっせと子供を連れていくようになりました。今も、夕方から夜にかけての東京駅を歩いていると、京葉線ホーム方面から、魔法が解けて精も根も尽き果てた表情の人達がゾンビの群れのように歩いてくるのであって、それはディズニー帰りの人達。

双子コーデの若者達も、疲れ果てて口角は下がっている。家族連れは、さらに不機嫌そうです。ディズニーのかぶりものを装着した小さな子供は、お父さんの背中で失神状態。両親の手には、大きなお土産物袋がいくつもぶらさがり、服装は明るいのだけれど表情は暗い……。

彼等を見て、いつも私は「無理だ！」と思うのでした。今時の親御さんは、自分も子供の頃からディズニーランドに行っていたということで、自分も行きたいし、子供にも同じことをしてあげたいのでしょう。が、もしも私に子供がいたら、「もっと他のことで喜ばせるから、ディズニーランドにだけは一緒に行きたくない。大きくなってから自分で行って」

と言うに違いありません。

そんな感覚はきょうだいで似ていたようで、我が兄もまた、娘が生まれても、「ディズニーランドという存在に気づかせないようにしている」

と言っていました。

「だってあんな所に行くの、絶対に嫌だよ。知ったら行きたくなるだろ？」

と。

娘に愛情がなかったわけではありません。娘のことはたいそう可愛がっていたのであり、色々な所に連れていってもいた。しかし「愛情とディズニーランドは別」だったらしい。私も、

「だよねー」

と兄に賛意を示し、この世にディズニーランドという地があるという情報は封印。

「お父さんが連れていってくれないなら、私がディズニーランドに連れていってあげる」

とは、決して姪に言わなかったのです。

かくして姪が生まれて初めてディズニーランドに行ったのは、おそらく東京の子供の平均初ディズニーランド体験年齢よりぐっと遅いであろう、十歳頃。しかしその後、彼女が「また行きたい」と言わないのは、我々と同じ血のせいなのか、大人に気を遣っているせいなのか……。

この、皆が行く時期に皆が行く場所へは行かないという性質は、我々の親から引き継いだものかもしれません。それというのも私が子供の頃、夏休みの旅行の行き先といえば、毎年決まって、千葉の海辺の町に住む親戚の家だったから。

子供の頃、夏休み明けの友人の作文に、沖縄とか軽井沢とか海外に行ったといったことが書いてあるのを見て、私はいつも「すごい！」と思っていました。我が家の旅行において、普通のホテルや旅館に泊まることなど皆無。他人の別荘にご一緒させてもらうことはあれど、もちろん自分の別荘は無い。つまりは徹底してお金とストレスのかからない家族旅行をしていたのです。

隣県とはいえ、まだアクアラインもできていない時代、房総半島の端っこの方まで車で行くのは、かなりの長旅でした。途中、運転している父親の機嫌が悪くならないかとビクビクして過ごし、それでも頑是ない子供としては後部座席できょうだい喧嘩などしてしまい、ああやっぱりお父さん機嫌が悪くなっちゃったね……ということで、道中はいつも気が重かったことを覚えています。

半島の端っこというのはたいてい、俗世から隔絶されたディープな長閑《のどか》さを湛《たた》えているものですが、房総半島もまた、例外ではありません。ですから東京の住宅地育ちの私としては、夏休みに千葉で過ごす数日は、ほとんど留学感覚でした。岩牡蠣《いわがき》を石で叩き潰して海水で洗ってすすり、一応は海水浴場なのだけれど外房の波が激しすぎて人がほとんどいない浜で毎年のように「あ、死ぬ」という瞬間に見舞われ、時には山の中の滝まで行って、手が切れそうに冷たい滝壺で泳ぎ……と、決して軽井沢だのハワイだのでは味わうことができない野性的な経験を積んで、私は子猿と化していったのです。

親戚の家は、襖などを取り払えば冠婚葬祭が何でもできるというタイプの、昔ながらの田舎の家。そこに我々一家を毎年ホームステイさせてくれたのですから、懐が深い。我々と同世代のきょうだいがその家にもいたので、一緒に遊んだり食卓を囲んだりしたものです。

花の栽培が盛んな南房総。その家でも菊の栽培をしており、納屋にはいつも菊の香りが漂っていました。今、花屋さんで菊の香りをかいだり、中国料理店で菊のお茶を飲んだりすると、あの頃の思い出がフラッシュバックしてきます。ああ、あれは貴重な体験だった。大人達は、「モノより思い出。」などというコピーが無い時代から、それを実践してくれていたのだなぁ。朝から晩まで、遊ぶことだけに没頭することができたとは、なんと幸せな時代だったことか。浜の流木を燃やして鉄板を載せ、浜でとったサザエを焼いたり焼きそばを作ったりしてくれたのは、今思えばバーベキューっていうやつだったのね……。

そんな千葉滞在だったのですが、日が経つにつれ、私はいつも一種の胸苦しさを覚えるようになってきました。当時はそのもやもやした気分の原因が何なのかがわからなかったのですが、今となってはわかります。おそらく千葉に行く度に、生々しい生命力にじかに触れたことによる、自家中毒のようなものを私は起こしていたのではないか、と。

隣県とはいえ、南房総の海辺の町は、私が普段暮らしている東京の住宅地とは環境が全く違いました。その頃はまだ汲み取り式のトイレもあったし、見たこともないような巨大な蛾とかニョロニョロした虫も、いたるところに。夏の日差しに照らされて立ちのぼる草いきれ、浜の岩場にいる謎の生物達など、有機的な香りに満ち満ちていたのです。

例年の行事とはいえ、他の家族と共に数日を過ごすことにも、私は未知との遭遇感覚を抱いていました。親戚のおじさんは、文弱の徒である我が父と正反対で、海でのモリも山でのカマも使いこなす格好いい野性派。子供達も、ひょろっとした色白の兄と比べると、黒潮感漂う風貌です。

つまり千葉の一家には、我が家族と比べようのない生命力がみなぎっていたのです。東京においても、お誕生日会などで誰かのおうちに遊びに行く度に、家の中に充満した、家族毎に異なる生々しさにウッとなっていた私。親戚であっても全く異なるタイプの家族の中に入っていき、同じ風呂に入って同じトイレを使用するという数日間の濃厚さに、私は酔ったのではないか。

しかし、他人の家にステイさせてもらうことよりも汲み取り式トイレよりもニョロニョロした虫よりも私を酔わせたのは、海でした。私が育った東京の二十三区西部は、山はもちろん見えないのですが、海もまた遠い。私が海と接する機会は、夏休みの千葉においてのみ。

海は、私にとって脅威の存在でした。ザブンザブンと波が押し寄せ、波濤《はとう》が割れる。引き波の強さたるや、子供などとても立っていられないほど。引きずり込まれるように連れていかれて海水を飲み込めば、その塩辛さは味噌汁の比ではない。

波に揉まれてもがいていると、どちらが岸でどちらが沖か、どちらが空でどちらが海かもわからなくなり、ふと気がつけば急激に海は深くなっていて、ジタバタする足先が触れる水の温度は明らかにひんやりと……。

太古の昔、生き物というのは海の中から発生したということですが、確かにその水は、プールや風呂とは全く違って、生命を発生させそうな質感でした。海から上がっても肌はベタつき、もちろん浜にはシャワーなどという洒落たものはありませんから、ベタつく身体のまま、ビーサンを引っかけてずるずると親戚の家まで帰る道すがら、普段はサラッと生きている自分が、べたべたした一介の生き物でしかないことがわかって、えずきそうになったものでしたっけ。

家族旅行というのは、親が子供に普段とは違う世界を見せるために行うものなのでしょう。異国に行って異文化を体験させたり、ディズニーランドという人工的な夢の国を見せることによって、子供は目を輝かせる。

我が親の場合は、千葉という東京の隣の県、それも東京ディズニーランドと同じ県であるにもかかわらず（ま、当時はまだディズニーランドは無かったのだが）、都会とは全く異なる有機的世界に子供を放り込む、という手段をとりました。確かに、心身共に「たくましい」という感じではなかった我々きょうだいに、荒療治を施したくなった親の気持ちは、わからぬでもありません。子猿のように日々遊んでいた私も、子供の頃から軽井沢やらハワイやらに行っていた人よりは、鍛えられたと思う。

しかし私は、毎年夏にちょっとずつ醸成したたくましさを、その後の人生には活かすことができなかったようです。そこで目覚めていれば、今頃は里山で味噌とかを仕込みながら、子供を四人くらい産んでいたのかもしれません。が、太平洋の荒波に揉まれながら抱いた有機的なものに対する畏れの気持ちは今でも消えておらず、私は相変わらず東京の西側で、虫がちょこっと出てきてもキャーキャー言うようなサラッとした生活を送り続けているのですから。

千葉に滞在していた時、朝に目が覚めると、波の音が遠くから聞こえてきました。その音は、私に「あなたは一個の生き物でしかない」と囁き続けるようだった。大仰に言うならば、私はあの波の音によって、自分という存在が、海からずるずると生まれ出た原初的生物とつながっているという事実を、突きつけられたのです。のみならず、寝ていた座敷には、巨大な仏壇とか神棚とか先祖代々の写真といった、田舎のおうち特有の「脈々と続く人類」を感じさせるグッズが目白押し。

ああ重い。重いよ……とグッタリしている時に、

「早く起きなさい。もうご飯よ」

と寝床からひきずり出されると、食卓に並ぶ味噌やぬか漬けといった発酵食品までが、「生きてまーす！」と主張するかのようで、まだ初潮も来ていないのに、つわり中のような気分に。

私達きょうだいが小学校を終えると、夏になっても、家族で千葉にはもう行かなくなりました。部活だ遊びだと私達は忙しくなってきたし、前にも書いた通り、家族崩壊の危機に見舞われて、家族旅行どころではなくなってきたのです。

そうなっても私は、「生き物の生々しさ」といったものが苦手なままでした。友人達が第二次性徴を迎え（私は成長が遅いタイプだった）、胸が膨らんだり初潮を迎えたりするのを見た時も、プールの授業でモジモジと着替えたりする時も、はたまた街で妊婦さんを見かけた時も、私の中で膨らんでくるのは、千葉の朝、目覚めと同時に波の音を聞いた時に感じた、喉元に迫り来るような重さ。

私が今、家族を持たない大人になっているのも、当然の帰結なのかもしれません。家族というものは、有機物と有機物とが掛け合わされ、様々な液だの汁だのといったべたべたしたものが入り混じることによって新たな生命が生まれた結果、できる集団。そんなべたべたしたものが「苦手」なのだから、家族を持たないことも仕方あるまい。

そういえば私は、もう何年も海に浸《つ》かっていません。今までの人生で、

「海が見たい」

とつぶやいた経験も、無いのではないか。

一方では、山の中に静かにたたずむ水たまりである湖に対しては、こよなき親しみを感じる私。サラッとした淡水が静かに湛えられる様が、自分と重ねられるからなのだろうなぁと、思います。

年老いても私は、子供から旅行に連れていってもらうことはありません。対して子を持つ友人達はきっと、子や孫と共に温泉に行ったりし、その様子をＳＮＳにもアップするでしょう。そして私はその様子を一人、湖畔の宿においてスマホで眺めているに違いないのです。

9　呼び名は体をあらわす

電車の中で、下校途中の女子高生に囲まれました。聞くともなしにその会話を聞いていると、内容はほとんど勉強のこと。新橋の飲み屋におけるサラリーマンが仕事の話をするかの如く、女子高生達は勉強やテストの話に夢中になっていたのです。

やはり今時の高校生は真面目であることよ。……と思って聞いていたのですが、もう一つ気づいたのは、彼女達が下の名で呼び合っている、ということでした。

「アヤカとユウナは頭よくていいな」

とか、

「リナは先に帰ったよ」

「マホは渋谷行くってー」

などと言い合っている。

それ、普通のことじゃないの？　と思われる方も多いでしょうが、私自身は、小学生時代から今に至るまで、女友達には「酒井」と呼ばれ続けてきた、つまりは「下の名前で呼ばれない」人生を送ってきました。周囲を見ても、割と苗字で呼ばれる女子が多く、下の名前で呼ばれているのは、「子」がつかない洒落た名前の子だった気がする。

私の時代は、ニックネームで呼ばれる子も、少なくありませんでした。今となってはポリティカル・コレクトネス的に問題がありすぎる差別的なニックネームも平気で使用されていて、同窓会の時には皆が何と呼んだらいいのか苦慮したりしているのです。

ですから皆が下の名前を呼び捨てにしあう今の女子高生を見ると、「欧米みたい！」と思う私。私の時代は、「順子」のみならず「子」がつく名前の人が多かったわけですが、「子」系の名前は、呼ばれるための名というよりは、書かれるための名前だったのではないか。対してキラキラしている今風の名前は、皆に呼ばれ、親しまれ、愛されるための名前、という感じがいたします。

そんな私も、親からはもちろん下の名前で呼ばれてきたのです。我が家には名前呼び捨て文化が無かったので、親や祖父母からも「順子ちゃん」と呼ばれており、唯一、兄だけは「順子」と呼び捨てだった。

家族・親戚以外の人からほとんど初めて「順子」と呼ばれたのは、大学に入って、帰国子女の友人ができた時でした。アメリカ帰りのその子は、当然のように私を「順子」と呼んだのです。

友人から名前を呼び捨てにされたことがなかった私は、そのフランクさにドギマギ。しかし一方では、一人前の女子になることができたかのようで、妙に嬉しかったことを覚えています。子供の頃から名前で呼ばれ続けていた女性と、苗字で呼ばれ続けてきた女性とでは、このように「女子意識」のようなものに大きな差が出るのではないか。

それから、幾星霜。気づくと、ただでさえ少なかった、私のことを「下の名前で呼ぶ人達」が、激減していました。まず、元々の家族は、既にいません。子供の頃から「順子ちゃん」と言ってくれていた親の友人知人達も、鬼籍に入ったり闘病していたりと、会う機会が減ってしまいました。

大人になってから知り合った人や、仕事上の知り合いは、当然のように私のことを苗字で呼びます。もちろん古くからの友人は未来永劫、私のことを「酒井」と呼び続けるであろう……。

それは、仕方のないことなのです。名前で呼ぶ人というのは、つまり私のことを「小さき者」として見てくれていた人。そんな私も五十代になれば、「小さき者」では全くない上に、かつて名前で呼んでくれていた人は皆、年をとっていくのですから。

今となっては、いとこなどの親戚や、親の友人知人で身体の丈夫な人くらいしか、私を名前で呼ぶ人はいなくなりました。フレンドリーな近所のチビっ子から、

「じゅんじゅん！」

と呼ばれることがあるのですが、そんな子を見ていると「愛される子というのは、小さい時から相手の懐に入っていくことができるのねぇ」などと感心するものです。

たまに新たな知り合いで、

「順子さん」

などと呼んで下さる人がいると、その聞きなれない響きにドキッとする私。下の名前をあまり使用しない人生を送っていると、「順子さん」とやらが誰なのかが、一瞬わからなかったりするのでした。

相手をどう呼び、どう呼ばれるか。様々な呼び方が存在する日本において、呼

び方は関係性を左右する問題です。特に家族間での呼称は、ここしばらくでずいぶん変化しているのではないでしょうか。

家族の間での呼び名は、家族のあり方を示しています。私の子供時代、親は子供からたいてい「お父さん」「お母さん」もしくは「パパ」「ママ」と呼ばれていました。しかし今の家族を見ていると、たとえば親のことを、「むーたん」（例）などと、ニックネームで呼ぶ子供もいる。「ユミさん」（例）などと、親を名前で呼ぶ子も、珍しくありません。

きょうだい間の呼び方には、さらに変化が見られます。私の時代、兄や姉のことは「お兄ちゃん」「お姉ちゃん」と呼ぶのが一般的でしたが、今はきょうだい間でも名前で呼び合うケースが多い。

つまり私が小さかった頃は、家族は「お母さん」「お兄ちゃん」など、役職名で呼び合うことが多く、家族の中で最も小さい者だけが、名前で呼ばれる権利を持っていました。

それが今、家族の間でも名前や愛称で呼び合うようになってきたのはなぜかといったら、家族の関係性がフラット化してきたからなのでしょう。昔よりも親の地位は下がり、子供と親とが限りなく同格化。きょうだい間でも、先に生まれたから偉いといった感覚が薄れてきたので、呼び方も変わってきたのではないか。

子供の名前に、「孝」「忠」「義」「節」など、儒教《じゅきょう》っぽい文字がまだ頻用されていた私の子供時代は、家族それぞれの役どころがきっちりと決まっていました。妻は夫に仕え、子供は親を敬うべき、という感覚が、私達に名前をつけた親の世代には残っていたのです。

しかし、私達は名前の通りには育ちませんでした。バブル世代の私達は青春時代、自分の名前と行為との間に、激しい乖離《かいり》を感じていたのです。

たとえば、夜な夜な六本木に出かけては親に心配をかけてきたお嬢さんの名前が、「孝子」（例）だったり。じゃんじゃん男性と交際しまくっているお嬢さんが、「清美」（例）だったり。……ということで、名と実が全く合っていないという現象が頻発。ミラーボールの下で踊り狂いながら、孝子さんも清美さんも、「何か、違う……」と思っていたのではないか。

だからこそ我々世代は、結婚して自分の子供が生まれた時、儒教的命名をしようとはしなかったのでしょう。孝子さんも清美さんも、自分の子供には「麻里香」とか「紗有希」とか、漢字はたくさん使用されているけれど深い意味は宿らない、という命名をするように。そして家族の関係性はフラット化し、長幼の序など関係なしに、友達感覚で互いに名前で呼び合うようになったのです。

子供の命名に関しては改革をもたらした我々世代ではありますが、一方で昔ながらのやり方が遵守されている部分もあります。それはたとえば、夫婦間の呼び方。家族の関係性はフラット化しても、夫婦の間だけでは、

「パパ」

「ママ」

と役職名で呼び合っているというケースは、意外と多い。

友人夫婦が「パパ」「ママ」と呼び合っているシーンを初めて見た時は、たいそう驚いたものです。それは三十代半ばくらいのことだったかと思うのですが、ある友人の家に遊びに行った時、

「パパ、ちょっとティッシュ取って」

「ママ、これ美味しいね」

などと言い合う現場に遭遇したのです。

子供の頃から苗字で呼ばれがちな女性には晩婚傾向があると私は思っているのですが、その時の私はもちろん独身。「この二人、子供がいない時代は『マーくん』『ミキちゃん』って呼び合っていたんじゃなかったっけ」と、呆然としまし

た。

日本の家庭では、家族の中で最も年下の者が使用する呼び名で、全てのメンバーが呼び合うケースが多いものです。つまり、末っ子が「パパ」と呼べば、妻も夫をパパと呼ぶ。そしてパパ本人も、

「パパは明日から出張だから……」

などと、一人称まで「パパ」となる。

子供のいない私にとってこれは不思議な現象なのですが、夫婦が「パパ」「ママ」と呼び合うことは、結果として夫婦がオスとメスであるという事実から目をそらすことにつながる気がします。

「パパ」「ママ」と呼び合う夫婦というのは、「男と女」ではなく「自分の子供の父親／母親」として相手を認識し合っています。たかだか言葉、ではあるけれど、されど言葉、とも言うことができるこの問題。その手の夫婦は、互いを直接見るのではなく、子供を通して話をしているということになりはしまいか。

子供のいない夫婦はしばしばペットを愛玩していますが、ペットから見た時にパパ・ママであるということで、やはり互いを「パパ」「ママ」と呼び合うケースがままあります。そのようなカップルを見ていると、日本人は互いをオス・メ

スとして見続けることがどうにも恥ずかしく、子供なりペットなり、何らかの仲介役を通さずにはいられないのかもしれない、と思うのでした。

「パパ」「ママ」と呼び合う夫婦を見ていると、「セックスレスにもなるわな」と、私は思うのでした。日本では、多くの夫婦がセックスレスだと言いますが、セックスの途中、興奮が高まって相手のことを呼びたくなった時、脳裏に浮かぶのが「パパ」「ママ」だったら、一気にその興奮は萎えましょう。と言うよりそもそも、「パパ」や「ママ」を相手に性的な興奮を覚えることの方が難しかろう。セックスレスの理由として、

「家族とセックスなんてできない」

と言う人がいますが、「パパ」「ママ」とは確かにできないよね、と思う。

「名は体をあらわす」と言いますが、私の生育家族でも、夫婦の呼び名が「体」をあらわしていた気がします。我々きょうだいは、親のことを「お父さん」「お母さん」と呼んでおりました。家族の中で最も年少のメンバーは私ですから、私から見た時の呼び名、すなわち兄は親からも「お兄ちゃん」と呼ばれ、祖母は「おばあちゃん」と呼ばれていたのです。

では両親の間で「お父さん」「お母さん」と呼び合っていたかというと、これ

が少し変則的でした。母は父のことを「お父さん」と呼んでいたのですが、父は母のことを「ヨーコ」と、名前で呼んでいたのです。

友達のご両親達はたいてい、「パパ」「ママ」もしくは「お父さん」「お母さん」と呼び合っていました。ですから自分の父が母のことを「ヨーコ」と言うことには、ちょっとした違和感を覚えていた私。それは、父親が母親のことを「女」として扱っているという意味での生々しさに対する違和感、だったと思うのですが。

一般の家庭では、父親と母親は実はオスとメスなのである、という事実を子供から隠すために、「パパ」「ママ」もしくは「お父さん」「お母さん」と呼び合っていたのかもしれません。親というものはもはや男と女ではなく、父親と母親という役割しか持っていないのだ、と子供にアピールするかのように。

しかしなぜか我が父は、家庭内でも母を女として扱っていました。そこだけ西洋風にしたかったのかもしれませんし、本当に母を女として見ていたのかもしれないのですが、その真相は今となってはわからない。

母が同じように父のことを名前で呼んでいれば、両者のバランスは取れたのでしょう。「子供よりも、夫婦の愛が何より大切」という様式の家庭も、あるのですし。

対して母は父のことを、「お父さん」と呼んでいました。父は母を家庭の中でも女として見ていたのに、母は父のことを男としてではなく、「子供のお父さん」と見ていた、という非対称性がそこにはあります。

我が母が色々と奔放なタイプであったことは以前も記しましたが、その事実は呼び方の非対称性にも表れていたのではないかと、今となって私は思うのです。家庭外で奔放に「女」だった母は、子供の父親のことを「男」としては見ることができず、だからこその「お父さん」だった……。

子供を持った夫婦が、互いのことを「パパ」「ママ」と呼び合う傾向は、これからも続くのでしょうか。私は、キラキラした名前を持ち、子供の頃から名前で呼ばれ続けている人達が子供を持つことによって変化が見られるのではないか、という気がしています。

今の若者達を見ていると、言葉遣いも男女でほとんど変わらず、互いを名前で呼び捨てにすることにも、全く躊躇がないようです。『サザエさん』において、波平はフネにタメグチでしたが、フネは波平に敬語でした。若い世代のサザエとマスオは互いにタメグチで話しており、世代による変化を感じたものです。

が、マスオはサザエのことを「サザエ」と呼び捨てだったのに対して（「ママ」と呼んではいなかった）、サザエはマスオのことを「マスオさん」と、さんづけで呼んでいたのです。波平・フネ夫妻とマスオ・サザエ夫妻の間で男女の高低差は縮まったものの、完全にフラットではありませんでした。

私の世代くらいですと、たとえば同級生男子を全員、平等に呼び捨てにできるかといったら、そうではなかった気がします。私の場合は、親しかったり、ちょっと舐めてる男子のことは呼び捨てにできたけれど、そうではない人に対しては「○○くん」と言っていたような。

しかし今の子達からは既に、そういった男女間の垣根は取り払われているのではないでしょうか。

「ユウキー、腹減った」

と彼女が彼に言っても、恋は醒めない模様。そしてそんなフラットな関係の二人が結婚して子供をつくったなら、子供を介した呼び方などせず、妻はずっと、

「ユウキー、腹減った」

と、フラットに言い続けられるのではないか。

セックスレスが悪いことなのかどうかはわかりませんが、しかし夫婦がセック

スをしないと子供はできません。少子化解消のためにも、「パパ・ママ問題」は解消を目指した方が、よいのかもしれませんね。

10　長男の役割

子供の頃、「格好いいお兄さん」がいることに、憧れていました。自分にも兄はいたものの、格好いいかどうかといったら、いささか疑問が残る。格好いいのみならず、頼りがいがあって、妹を可愛がり、そして守ってくれる。そんな兄がいたら……と、私は夢想していたのです。

おそらく、兄の方でも同じようなことを感じていたことでしょう。もっと可愛い、そして可愛げのある妹だったらよかったのにと、思っていたのではないか。

アニメの世界などでは、〝妹萌え〟というジャンルがある模様です。兄を百パーセント慕い、邪気の無い愛らしさをぶつけてくる妹に対して、実の兄がほのかな、もしくは禁断の恋心を抱く、といった感じ。

しかし私は、妹萌えの対象には決してならない妹でした。長子であるせいなのか性格のせいなのか、「要領」というものを知らずに生まれてきた兄が親から怒

られまくって生きているその後ろ姿を、火の粉のかからない位置から、

「お兄ちゃん、何やってんだか」

と、しらーっと眺めていた。末子によくいるタイプと言えましょう。

一般的に、母親は息子を溺愛するもののようです。確かに、男の子ママ達を見ていると、その気《け》がある人が多いもの。しかし我が家ではその傾向は薄く、何だかんだと私の方が楽な思いをしてきたような気がします。

持ち前の要領で、いつも「うっしっし」とばかりに楽な道を歩んでいる妹に対して、兄が萌えるはずがありましょうか。もっと頼りなげなドジッ子を、兄は可愛がりたかったのではないか。

妹萌えの反対バージョンとして〝兄萌え〟というジャンルも、あるらしいのです。私が憧れていたのはまさに、その〝兄萌え〟でした。高校に遅刻しそうな朝、

「……ったく、しょうがねぇなぁ。乗れよ」

と、バイクの後ろに乗せてくれる兄を、私は求めていたのです。

が、あいにく私は遅刻をしないタイプ。兄の方がのそのそと遅く起きてくるのであって、結果、「……ったく……」と妹はひんやりとした視線で兄を見る、と。

「妹をお兄ちゃんが引っ張っていってくれる」という兄像に、私は憧れていたわ

けです。が、なにせ本物の兄は「要領」を知らない人。引っ張られるのを待っていたらどうにもならん……と、妹は自分でグイグイ行くようになってしまい、そのうち、周囲の皆から、

「弟さん、元気？」

などと、兄が弟だと勘違いされるように。実の叔父からすら、

「弟は最近、どうしてる？」

などと言われる始末で、その度に私は、

「いえ、兄です。三歳上の！」

と、語気を強めた。占いなどに行った時、

「あなたは長男の星を持ってるんですねー」

と言われたことも、幾度かありましたっけ。

格好いいお兄ちゃんを、頼りにしたい。……ずっとそう思い続けていた私ですが、大人になってみると、「格好いいお兄ちゃん」などというものは幻でしかないことが、次第にわかってきます。友人知人のお兄さん達を見ていても、「兄」だからといって頼り甲斐があったり、格好よかったりするわけではない。長子として生まれたことによる親からの愛やら干渉やらプレッシャーやらにつぶされ気

味の人も、少なくなかった。

世の「兄」達も大変だったのだと、今となっては思います。二人きょうだいがもっともポピュラーだった私の時代、「兄」といえば、たいていは長男。もっと昔であれば、「長男は家を継ぐ大切な存在」として、他のきょうだいとは違う扱いを受けていたのでしょう。特別に大切にされることによって、長男は「自分がしっかりしなくてはならない」「自分が、この家を継いでいくのだ」という自覚を深めたのだと思う。

小説などで昔の長男達の姿に接すると、弟や妹達の面倒をしっかり見ていて、父親の他界後は、弟や妹を経済的に支えたりもしています。きょうだいが多かった時代の長男は、プチお父さん的な存在感だったのであり、お母さんも頼りにしていた模様。

長男が家を継いだなら、次男以下は分家したり都会に働きに出たりと、色々な苦労があったようです。水上勉《みずかみつとむ》の小説など読んでいると、次男以下のきょうだいは、都会で失敗して故郷に戻ってきても、痩せた田んぼしか与えられずに、塗《と》炭《たん》の苦しみを味わった……といったことが書いてあります。長男の責任が非常に重いと同時に、次男以下の苦しみもまた深かった、この時代。女きょうだいは他家にいって苦労しなくてはならなかったわけで、姉や弟・妹の犠牲に支えられつつ、長男は責任を負っていたのです。

しかし私の時代には、長男が特別に大切にされるといった風潮は、薄れていました。もちろん、代々続く酒蔵とか、かつての殿様とか天皇家といった、長い歴史を持つ家においては、長男は依然大切な存在であったのでしょう。天皇家を見ていても、平成時代の後に天皇となる長男・浩宮《ひろのみや》さまと、次男の礼宮《あやのみや》さまとでは、幼い頃から明らかにムードが違っていました。礼宮さまは、次男的というのか、比較的自由な印象を感じさせる方だったのに対して、浩宮さまは真面目さを崩さないタイプ。ずっと、「いつかは、天皇」という自覚をお持ちだったのではないか。

長男にのしかかる責任が、反発にかわるケースもあります。知り合いの旧家の長男達は、ごく若いうちは「長男は、家を継ぐもの」という既成ルートに嫌気がさしたのか、ダンサーだのDJだのを目指すなど、やんちゃなことをして親を心配させていました。しかしある程度大人になったり、父親が他界したりすると、「やはり俺が継がねばなるまい」と、家業に戻っていくのが常だったのです。

対して次男以下は、子供の頃から、

「家は兄ちゃんが継ぐのだから、お前は医者になれ」

などと言われて、せっせと勉強。医大受験に成功したり失敗したりしつつ、自分なりの道を模索するのでした。

特別な旧家でなくとも、地方の家においては、

「やっぱり俺が長男だから」

といった発言を、今でもしばしば耳にします。土地に根ざした生活をする地方では、家や土地、および家族を守る責任者を明確にしておいた方がいいのかもしれません。

しかし東京のサラリーマン家庭であった我が家では、その手のムードは全く漂いませんでした。誰も「家を継ぐ」ということに熱心ではなく、長男至上主義も感じられなかったのです。

長男がとにかく一番、というシステムは、不条理ではありますが、ある意味では合理的だったのかもしれません。たとえ資質は今ひとつであっても、長男が絶対的に優遇されることに対して、他のきょうだい達は「そういう決まりなのだから、しょうがない」と諦めをつけることができたのではないか。

一方、家父長制が弱まってきた中でのきょうだい横一線というのは、厳しいシ

ステムです。長男だろうと次男だろうと、また男だろうと女だろうと、親からは実力で評価される。特に我々の時代は、既に偏差値という物差しが定着していましたから、数値できょうだいが比較されるという残酷な事態ともなりました。

それは、長男にとってつらい時代の始まりでした。「長男が一番偉い」という記憶の残滓《ざんし》はあって、

「お兄ちゃんなんだから、しっかりしなさい」

などと親からは言われるのに、一方では長男だからといって下駄をはかせてはもらえず、全てのきょうだいが平等に評価される。長男以外の方が出来が良かったりすると、長男としては立つ瀬がありません。

長男至上主義から、きょうだい実力主義の時代へ。この家族像の変化は、企業などの変化とも似ています。昭和時代は、年功序列という形態をとることによって安定していた、日本の企業。基本的には、「年上の人が偉い」ということになっていたわけです。それがバブル崩壊の頃からか、いわゆる実力主義が、台頭してきました。実績をあげれば、若い人でも出世したり、活躍したりできるようになってきたのです。

集団を運営する時に、「年上の人を立てておく」という儒教的な考え方は、昭

和の時代までは有効だったのでしょう。しかしバブルも崩壊、その古いシステムでは世界についていくことができないということで、企業の年功序列は変化していった。

企業と家族は、その継続と発展を目的とする集団という意味においては、似ています。集団を引っ張る強い権力を、企業であれば社長が、家庭であればお父さんが持っていて、集団の維持・発展のために舵取りをしていたのです。

そこに次第に浮上してきたのは、権力者あっての集団なのか、集団あっての権力者なのか、という問題でしょう。社長や父といった権力者のために、他のメンバーは「下」となって支えるというケースが多かった昭和時代までは、権力者あっての集団、という空気が強かったのではないかと、私は思います。

家庭もまた、お父さんや、次期お父さんである長男のためにありました。

「お父さんがいるから、私達はご飯を食べられているのよ」

と、お母さんは子供達に言い、お父さんは機嫌が悪くなると、

「誰のお陰でメシが食えているんだ！」

と、叫んだ。お父さんや社長が、下の者達を従えて君臨していたイメージです。

長年、「そういうものだ」と思って従っていた日本人ですが、しかし次第に、

「集団の発展よりも、個人の幸せ」という感覚に、目覚めるようになります。企業において、奴隷のように働いても業績さえ上がればウットリできた日本人は、そんなことよりも働きがいや休みの取りやすさ、ストレスの少なさといった、クォリティー・オブ・仕事生活を大切にするように。

家庭においても、ひたすら「上」の人に従うことを、私達はやめています。私が中学生の頃、世の学校というのはやたらと「荒れて」いました。今で言うところのヤンキー、当時は「ツッパリ」が大量発生し、制服を改造したりシンナーを吸ったり、家庭や学校で暴力をふるったりしていたのです。「3年B組金八先生」は、そんな時代の中学生の心を描いたドラマでした。

あの時代の中学生達は、なぜ「荒れて」いたのかなぁ。……と考えてみると、おそらく家庭内でも校内でも、「偉い人」からの圧力に、反発していたのだと思うのです。時は偏差値時代でもありましたので、「勉強しろ」と親からはやんやと言われ、学校からはがっちり管理されていた。

もっと昔の若者であれば、いやいやではあっても、偉い人達に従っていたのでしょうが、昭和の末にもなると、「どうして唯々諾々《いいだくだく》と従わねばならんのだ？」と、不満が暴発。父親の方も、既にそれを抑えるだけの権力は持っていなかった、ということではないか。

私と同世代である、「荒れる中学生」達。そんな我々世代が今、どのような家庭をつくっているのかというと、いわゆる「仲良し家族」であることが多いのでした。父親が強権を振りかざすこともなく、長男だけを優遇することもなく、家族が皆、平等な関係。

我々世代はおそらく、家庭内の「偉い人」が強権をふりかざすことに、うんざりしていたのです。だからこそ自分の時は高低差の無い家庭を、と思っていたのではないか。

昭和の時代は、妻の方が夫よりも威張っていたりすると、「かかあ天下」と言われていました。が、ふと気がつけば今、

「あの家は、かかあ天下だから」

などと言われることはなくなりました。今となっては、夫が権力を握るよりも、妻主導家庭の方がよっぽど平和であることも知られており、「かかあ天下」は死語と化したのです。

長男の重責もまた、軽減もしくは分散もしくは消滅した、今。長男という存在が急浮上するのは、せいぜい葬儀の時くらいです。たとえば喪主というものは、

たとえ姉がいても、弟である長男が務めるのが一般的。そして家の墓も、長男が継ぐというケースが多い。

母親の葬儀の時、兄が喪主となってくれたことによって、私はずいぶんと楽になりました。兄の妻が出来た人で、「長男の妻はこうするもの」と、雑用関係も色々と担ってくれたこともあり、私は「悲しむ」ということに没頭できたように思います。

葬儀における悲しみのピークは、告別式が終わる時、お棺の中に参列者が花を入れながら、最後のお別れをする時でしょう。私も号泣しつつ花を入れたのですが、そこでふと気づいたのは、「お兄ちゃん、緊張してる……」ということ。

そう、お棺を閉じた後には「喪主挨拶」というものがあって、それを前にして兄はパンパンに緊張していたのです。あー、なんかごめん。でも長男だもんね。……と、私は兄に長男の責任を負ってもらったのです。

特に母と仲が良かったわけでもなく、溺愛されていたわけでもなかったのに、母の死後、兄はかなりその悲しみを引きずっていたように思います。それは、出棺の時に緊張のあまり、思い切り悲しめなかったことも、関係しているような気がしてなりません。

そんな兄ももういないわけで、私は本当に長男的な役割を担うようになってきました。「長男の星を持っている」という占いは、当たっていたのです。

なんか、こんな妹でごめんね。……と、兄の写真にたまに語りかける私。妹萌え、させてあげたかったよ、と。

しかし「妹萌え」モノが人気になるのは、私のみならず、世の中の「妹」が皆、兄にとっての理想からかけ離れた存在だからなのかもしれません。萌えることができるような妹などどこにもいないからこそ、アニメでは理想の世界が描かれている。

同じように私は兄萌えが叶わなかったわけですが、今となっては「姉ちゃんには頭が上がらない」的な、素直な弟が欲しいかも。もちろんその願いが叶うことはないわけで、せいぜい弟モノの漫画でも読んで、その欲求をなだめるようにしましょうか。

11　お盆に集う意味

一応はお寺に墓があって、葬儀などは仏式で行うけれど特に仏教を信仰しているわけではないという、日本によくあるタイプの我が家。家族の他界時には、仏様そしてお坊さんに熱心に手を合わせますが、それ以外の時はほとんど、仏教のことは忘れています。

とはいえ、我が家には仏壇があります。放置するのも心苦しい、ということで朝は水やお茶などをお供えし、花も絶やさないようにしているのです。

信心の篤《あつ》い人達を見ていると、朝な夕なに、仏壇にご飯を供えたりお経をあげたりしている様子。夫に先立たれたおばあさんなどの場合は、亡き夫の分も食事を作ってお供えし、それを下げて自分が食べる、という人も。

そういった人に比べると私は、仏壇の扱い方が、いかにも雑なのでした。第一、我が家では仏壇自体、非常に簡素。特に北陸地方などに行くと、仏壇に対する思い入れが強く、仏間の壁の一面が、ほとんど舞台装置のような仏壇だったりもします。家を建てたなら、その一割の価格で仏壇を買うのが一般的なのだそうで、その存在感はほとんどベンツ。

対して我が家では先祖達からして、仏壇に対する思い入れが強くない方だった模様です。小さくて地味な仏壇ですし、同居していた亡き祖母も、仏壇関係の取り扱いは、

「ま、適当でいい」

という感じだったのです。

私もそのやり方を踏襲しており、仏壇に関しては、最低限のことしかしていません。お水やお茶の他に、一応は食べ物もお供えしているのですが、長期間置きっぱなしにできそうなもの、つまりは夏蜜柑《なつみかん》とか練り羊羹《ようかん》、焼き菓子といったものばかり。仏壇がある部屋にどなたかがいらっしゃる時のみ、ちょっと見栄えがするお供えにしていることを、ここに告白しておきます。

仏壇に対するケアが、手厚いか否か。それは、家族に対する思いに比例しています。仏壇は、お寺の出張所ではありません。一応、小さな仏像のようなものは置いてありますが、先祖崇拝の気持ちが強い我々日本人が仏壇に向かう時は、仏

様に対してではなく、ご先祖様達に対して祈っている。

つまり仏壇は、冥界にいるご先祖様達の、現世における出張所なのです。私も仏壇に相対すると、

「えーとお父さんにお母さんにお兄ちゃん、おじいちゃんにおばあちゃんにそのさらに先のご先祖様達……」

と心の中でブツブツ言っているのであり、仏陀《ぶっだ》を思い浮かべているわけではありません。

死した家族の居場所が仏壇ですから、当然、家族思いの人は仏壇を大切にします。朝晩に手を合わせる他にも、到来物があれば、

「まずは仏壇にお供えしましょう」

となる。

しかし私はといえば、到来物があったなら、

「あら美味しそう」

と、さっそくパクパク。すっかりなくなってから、「あ、仏壇……」となる。

ご先祖様思いの人は、地震や火事で家から逃げなくてはならないという時、

「お位牌を持って出なくては！」

となるのだそうです。が、もしそのような事態になった時、「お位牌を！」という発想は、私には浮かばないことでしょう。水に食料にスマホに……と、自分の生存にかかわることしか考えないであろうことは確実であり、位牌については「まぁあれは、単なるモノだしね」となることが容易に予想できる。

情に薄い人間であることよ。……と、仏壇を見る度に、ご先祖様に申し訳なくなる私なのですが、年に一回、仏壇の存在感が増す時があって、それがお盆なのでした。

ご先祖達が家に帰ってくるとされているのが、お盆。我が家にも、お坊さんがお経をあげに来て下さいます。東京は七月がお盆なのであり、お盆が終わったら本格的な夏、というのが例年の感覚。

仏壇がある部屋で、お坊さんのお経を生で聴いていると、信仰心を持っていない私のような者も、ありがたい気持ちになってきます。間近でお経をあげていただくことによって、ご先祖達も喜んでくれているのではないか、という感覚にも。

しかし少子化の波を思い切りかぶっている我が家では、いかんせん聴衆が亡兄の妻と私の二人、というお寒い状況なのでした。なにせ家族が〝終了〟状態ですから、現世でお経を聴く者よりも、仏壇の中の人達、つまりご先祖達の方が、うんと多い。

お盆と言えば、本来であれば家族があちこちから集《つど》う時期です。普段は仕事だ何だと忙しくても、お盆となったら実家に戻って、

「やっぱり家族はいいいなぁ」

といったことをしみじみ思ったり、そのうち疲れてきて、

「早く帰りたい」

と思ったりすることになっているのが、お盆という行事。

私が負け犬（いい年をしても独身でいる女性達、の意）盛りだった頃は、お盆というと、年末年始やゴールデンウィークと並んで、独身者につらい時期として、負け犬達の間で語られていました。それはつまり、家族で集まり、家族というものについて考えざるを得ない時期。仕事も休みになって、周囲の人達も、それぞれ実家に帰ったり、家族でどこかに行ったりしている。不倫などしていようものなら、不倫相手も家族と一緒にいなくてはならない。……というわけで、独身女性達は急に憂鬱な気分になったのです。

実家に帰ってもいいのだけれど、特に楽しくもないし、居場所もない。地方の場合は、

「あーら○○ちゃん。まだ一人なの?」

などとご近所さんから無邪気な言葉をかけられたりもして、いたたまれない気持ちに。かといって海外に行くのは高い時期だしな……。ということで、お盆が独身受難の季節であることは、当時も今も変わらないでしょう。

そのような繊細な時期を既に通り越した私は今、お盆をしみじみと楽しむことができるようになりました。家族が集合することはできませんから、お坊さん一人に対して聴衆二人という贅沢な環境で、お経を堪能。八月のお盆の時は暇なので、京都のお寺に夜に出向いて、お精霊《しょうらい》迎えとか六道《ろくどう》まいりといった行事を見に行って、あの世への淵を眺めているかのような気分に。

そんな感覚になったのも、私が「あちら側」にじわじわと近づいてきたからなのだと思います。現世の楽しみもよいけれど、年をとって冥界を意識する機会が増えてくるにつれ、「あの世から皆さんが帰ってくるとは、面白い」という感覚になってきました。昔のおばあさん達も、きっと若い頃から信心深かったわけではないのだろうな。年をとるにつれ、心身共に「あちら側」にじわじわと近づき、仏壇とか仏事を身近なものにしていったのだろうな。……などと思いつつ。

が、私がそのように面白がっていても、あちら側の方々は今、心配を募らせているのではないか、という気もします。お盆にお経をあげていただいても、その聴衆わずかに二人、ということは前述の通り。ファミリーツリーは、明らかに先細り状態です。

先が細まっているだけではありません。諸般の事情で仏壇のある家に住んでいる私には子供がいないし、亡き兄の子は女の子で、「他家」に「嫁」にいったならば、仏壇の継承者とはなりにくい。我が家のご先祖ズは今、お盆に戻ってきてお経を聴きながらも、

「この先、どうなるんだ」

「この人達がいなくなったら、もう私達の帰省先はなくなるってこと？」

などと、不安げに話し合っているのかも。

ええ、その通りなんです。大変に申し訳ないことです。……と、「家の継承」などということには全く関心の無い私も、お盆の時期だけは少し神妙に、思ってみる。

お盆というのはそもそも、現世を生きる者達に、そのようなことを考えさせるためにある行事なのかもしれません。先祖が本当に現世に戻ってくるのかどうかは、わかりません。本当に戻ってくるのだとしたら、東京はお盆が七月で他の地

域は八月、などということはおかしいはず。あの世において、子孫が東京に住む先祖達は早めに下界に降りたりしているというのか。また、日本人の先祖だけが七月とか八月にバタバタと現世に戻っていくというのも、冥界ではどう捉えられているのか。国際結婚の家庭とかでは、どうしているのか……。

とはいえ、そんなことはどうでもいいのでしょう。「先祖が戻ってくる」ということにしておいて、現世を生きる家族が一堂に会し、その結びつきを再確認したり、家族のありがたみを実感したり、いつまでも独身の者には居心地の悪さを感じさせて結婚を促したりするための機会が、お盆。結果、都会に出ていた長男が、

「俺、こっちに戻ってくるよ」

と決心するかもしれないし、いつまでも結婚しなかった長女が、あまりのいたたまれなさに嫌気がさして一念発起して結婚相手を見つけ、次のお盆の時にはそのお相手を連れてくることになるかもしれない。家族にプレッシャーを与えるための行事がお盆であり、「先祖が戻ってくる」というのは、その口実ではないか。

しかし今、お盆やら仏壇やらといった事物は、どんどんカジュアル化・簡素化しています。北陸ではベンツ並みの仏壇がバンバンと売れるのかもしれませんが、

東京のような都市部ではそのような仏壇を置くスペースはありませんし、漆《うるし》に金箔といったゴージャスな色彩の仏壇は、今風の家にはあまりに不釣合い。

親御さんが亡くなって仏壇を用意することになった、という友人知人が最近はちらほらと見られるのですが、

「アマゾンで買ったよ、五万円」

といった感じ。それも、シンプルなデザインで棚の上に置くことができるような、目立たないものが人気です。

本来的なことを言えば、その家の実の娘が仏壇の世話をし続けるというのもいけないことなのだろうなぁと、私は毎朝、仏壇にお線香をあげる度に思います。その家に生まれた娘が、五十になっても「嫁」にいかずに仏壇のある家に住んでいるとは、ご先祖達も予想外だったに違いない。

沖縄の位牌について調べたことがあるのですが、沖縄の位牌（トートーメーと言う）は、はっきりと「女性は継承できない」とされるものでした。本土の位牌が一人一つ、もしくは夫婦で一つという一戸建て方式であるのに対して、沖縄の位牌は、名札のような牌を大きなケースのようなものに差し込んでいくという、集合住宅方式。位牌を継ぐということはその家の財産を継ぐということでもあり、

その役を女が担うことはできません。息子がいない時は、従兄弟でも親戚でも、とにかく血のつながりのある男性に継がせる、といったケースもあるのだそう。

本土よりも儒教的な思想が強く残る沖縄だからこその習慣であることよ、と思ったのですが、本土においても、その手の感覚はあるのではないか。沖縄では、独身のまま亡くなった女性や、離婚して独身となって亡くなった女性は、実家の墓や、トートーメーにも入ることができません。その手の女性を墓やトートーメーに入れるとよくないことがある、ということなのだそうです。

それらの習慣もまた、家を絶やさないためのものなのでしょう。個人の好きにさせていたら、家は案外簡単に絶えてしまうということを、昔の人は知っていた。だからこそ、ほとんど脅しまがいの仕組みをつくって、現世に生きる者達を、家存続のために努力させようとしたのではないか。

……といったことを考えてみますと、「嫁《い》かずに五十」の娘（＝私）が、実家でかなり雑に仏壇を預かっているという我が家の現状はもう、不吉きわまりないことになります。しかし私は、「でもそれも、しょうがないよね」と、思うのでした。墓とか仏壇にまつわるプレッシャーをかけられたとて、結婚しない人はしないし、産まない人は産まない。男しか家だの仏壇だのを継ぐことができないのだとしたら、これからその手のものは、どんどん絶えていくしかないでしょう。

実際、「継ぐ人もいないし」とか「残されても迷惑だろうし」と、墓を自分の代で終わりにする「墓じまい」を考えている人も多いものです。葬儀もまた、莫大な費用がかかる大仰なものでなく、カジュアルにしたいと思っている人が多い。葬儀や墓など、「死」の関連産業は、大きな変革期を迎えているのです。

これは、「家族」は大切だけれど家制度の「イエ」は息苦しい、と思っている人が多いことのあらわれではないかと、私は思います。イエを象徴する存在としての墓や葬儀ではなく、今の人達はその手の事物を、個人をあらわすためのものとして捉えているのではないか。

イエを絶対的につないでいかなくてはならない旧家、たとえば天皇家などを見ていると、その息苦しさがこちらまで伝わってきそうです。イエ存続のために、誰かが尋常ではない無理や我慢を強いられる様子が、ありありと。

「男系男子しか継ぐことはできない」というきまりに則っている天皇家も今、存続の危機に瀕しています。皇族には女子ばかりが生まれ、やっと秋篠宮家に生まれたのが悠仁《ひさひと》さま。

家を継ぐということが必須である天皇家にしても、そのような綱渡り状態であることを見ると、家をつないでいく困難さがわかります。天皇家の場合、特殊な家であるからこそ、配偶者探しに苦労する、ということもありましょうし。

もし女性天皇や女性宮家もOKとなったとしても、家をつないでいくのは大変そうです。秋篠宮家の眞子さまの結婚問題については難儀なニュースが世を騒がせたのであり、佳子《かこ》さまや愛子《あいこ》さまも、特別な家の出身ということで、簡単に結婚できるわけではなさそうです。

存続させなくては、と思うと途端に大変になるのが、家というものなのかもしれません。もっとかるーく考えている庶民の家では、子供がぽんぽんと生まれているというのに……。

以前も書いたように、私の家は養子によってつながったのですが、そうして生まれた私達は、特に子孫繁栄に熱心ではありませんでした。考えすぎてもつながらないのが家、そして考えなければますますつながらないのも、家というものなのでしょう。

そんなわけで私も、老年期に入ったならば、墓じまいや仏壇じまいを考えなくてはならないことは確実です。その頃になったら、墓や仏壇のシステムにも、手軽で新しいものが色々と導入されているに違いありません。特に墓などなくても、はたまた拝んでもらわなくても化けては出ませんよ、というつながり欲求の薄い私のような人は増えるような気がするわけで、死はどんどんカジュアル化していくのではないか。「無印良品の葬式」とか「ユニクロの墓」とかがあったら、人気になるような気がするのですが、いかがでしょうね……。

12　親の仕事、子供の仕事

友人が勤めている会社には、ファミリーデーなるものがあるそうです。社員の子供達が会社を訪ねて、お父さんやお母さんがどんなところで仕事をしているのかを見たり、社食でご飯を食べたりするのだそう。子供達に会社を見せることによって、親の仕事に対する理解を深めてもらうという狙いのようです。

帰りにはお土産までつくということで、至れりつくせりのこの企画。今時の子供達は色々とケアされているものよのぅ、と思います。

私が子供の頃は、親がどのような仕事をしているかを、把握していませんでした。職種や会社の名前くらいは知っていましたが、具体的にどのような仕事をしていたかは今もってよくわからず、「毎日会社に行っている」くらいしか認識していなかった。

昔の親は、自分の仕事の詳細を子には語らなかったように思います。では、仕事と家庭とをきっちり分けていたのかというと、そうでもない。昔のホームドラマを見ていると、よくお父さんが突然、部下や同僚を家に連れてきて、「何か食うものはないのか」と、妻に無茶な要求をしたもの。「同僚を家に呼ぶ」という行為は、今よりずっと頻繁でした。

我が父もその例に洩れず、仕事仲間を家に連れてきて麻雀をすることがよくあったようです。私はまだ小さくて記憶にないのですが、母親は大量の料理を作ってもてなしたりと、大変だったらしい。

昔のお父さん達は、仕事については語らなかったけれど、仕事の付き合いは家に持ち込みがちだったのです。会社もまた家族っぽいムードであったからこそ、お父さん達は本当の家族と仕事仲間という家族を、一緒くたにしたがったのではないか。

父親が勤めていたのは小さい会社でしたので、ファミリーデーなどというシステムは無いのに、会社に遊びに行ったこともありました。社員の若い男性のことは「会社のお兄ちゃん」、若い女性のことは「会社のお姉ちゃん」と呼んでいたことを考えると、家と会社の境界線は溶解しきっていたものと思われる。会社のお兄ちゃんもお姉ちゃんも、しきりに我が家に呼ばれて食事などさせられていたので、今となっては「さぞやご迷惑だったのでは……」と思うのです。

しかし両親亡き後も、会社のお兄ちゃん・お姉ちゃんには、ずっと面倒を見ていただいている私。かつての〝お兄ちゃん〟は今やおじいさんとなりましたが、お正月には親戚のように家に来てくださる。かつて母親が作っていた料理と同じものを私が作れば、懐かしがって食べてくださるのですから、ありがたいことです。

今、親の仕事関係の人とそのような付き合いをする人は、少ないことでしょう。もしも夫が、連絡も無しに平日の夜に部下を家に連れてこようものなら、妻はブチ切れるに違いない。

向田邦子的時代の専業主婦は、二十四時間体制で夫の帰りやその同僚の来訪を待ち受け、どんな料理も供するというファミレス店長のような覚悟を持っていましたが、今時の妻は、そもそも働いていることが多いし、そうでなくとも忙しい上に人権意識もある。プライベートな空間である自宅に他人を突然連れてくるなど、とんでもない行為です。

もし仕事仲間を連れてくるのだとしたら、相当前から妻にはスケジュールを伝えなくてはなりません。「素敵なホムパ」としてSNSに投稿されることを考えたら、その日のために掃除をし、料理を考え……と、かなりの事前準備が必要なのであり、生半可な覚悟ではできない。

仕事仲間の家での集まりは、呼ばれる方としても困惑したものでした。私も会社員時代、先輩のご自宅に呼ばれたことがありましたが、他人の家というのは、往々にして都心から遠い上に、駅からも遠い。料理自慢の奥様がたくさんのお料理を作ってくださったのですが、友達ではないので本当にくつろぐことはできず、ヘトヘトに疲れたことを覚えています。

万が一、その手の会が開催されたとしても、今時の若手社員は、

「それって、仕事なんですか？　そうじゃないとしたら休日は自由に過ごしたいので、遠慮しておきます」

と、きっぱり断ることができるでしょう。

昭和時代は、会社においても家族のようなムードが漂ったようですが、今の若者はその手の感覚は必要としていません。私が新入社員だった時代も、

「最近の若者は、飲み会の誘いを断ってデートに行く」

などとさんざ言われたものですが、今はその私世代が、「最近の若者って

……」とブーブー言っているのです。

家族と職場の境界が、はっきりと分けられている今。だからこそ企業ではファミリーデーなどを開催し、少しその距離を近づけようと努力しているのかもしれません。会社を見たからといって、子供達が親の仕事の内容を理解するわけではないと思いますが、しかし仕事をする親に対する親しみは増すことでしょう。

私は、親の仕事は子供にとって、かなりの影響を及ぼすもの、という感覚を持っています。周囲を見ても、若いうちは反抗しても結局は親の会社を継いだり、また親の仕事とそう遠くない職業に就く人が、意外と多い。子供の職業選択において、親の影響は無視できないものがあります。

たとえば、政治家ほどの割合ではないにせよ、意外に子供が親の跡を継ぎがちな職業が、作家です。親も物書きで子供も物書き、しかも両者共に成功しているという例は、数知れず。中には幸田露伴《こうだろはん》から脈々と四代にわたって物書きをしている、といったケースもあるわけです。さすがに「四代目露伴」などと襲名はしないにしても、物書きという職業は、子孫に継承しやすいところがあるのではないか。

一方、親子で継承するのが難しい職業もあって、プロ野球選手はその一例です。

親子でプロ野球選手という例はあれど、スター選手の息子もスター選手に、というケースは見たことがない。

親が物書きの場合は、家に本がたくさんあるなど、子供が活字に親しみやすい環境が整っています。本だけは親が好きなだけ買ってくれるとか、図書館によく連れていってくれるといったことも、あるかもしれない。そして、親がいつも文章を書いていれば、子供も「書く」という手段を特別なものとしては捉えないに違いありません。

プロ野球選手の家庭には、きっとバットやグローブがいつも転がっているはずです。小さい頃から、お父さんの試合を観に行ったりもするでしょう。野球の道に進みやすい環境であることは確かですが、それを開花させてなおかつ開花状態をキープする、というのは難しそうです。

物書きの場合は、たとえば思想家の吉本隆明《よしもとたかあき》さんのお嬢さんが小説家のばななさん、というように、「書く」という手法は同じでも違う分野に進むことができるけれど、野球の場合け、野球しか道が無い。完全に親と同じ土俵（グラウンドと言うべきか）で戦わなくてはならないところが、つらいのかもしれません。

考えてみれば私の親は、物書きではないけれど出版社に勤めていたので、近いといえば近い職業を選んだようです。確かに本は身近にあって、職業選択（とはいえ選んだわけでなく、流れに身を任せていたらこうなったのだが）の遠因には、なっている気がします。

本を出しても雑誌に載っても、私は親には告げなかったのですが、それでも親は、どこからか情報を入手して、こっそり読んでいた様子でした。その行為から は親の愛情が感じられ、ありがたいとは思ったのですが、同時にたいそう恥ずかしかったもの。若い頃から、下ネタというと筆が走るタイプであった私は、親が堂々と親戚に配ることができるような本は、書いていなかったのです。

本当は、専業主婦になって子供を産むような人生を、父は娘に望んでいたのかもしれません。しかしどうやら娘は物書きとしてやっていくようだと諦めがついた頃だったか、

「順子ちゃんには、田辺聖子《たなべせいこ》さんのような作品を書いてほしいのに……」

と、父は大それたことを言っていたのだそう。すなわち、ユーモア溢れつつも下品さは皆無、豊かな教養に裏打ちされた本を、娘に書いてほしかったらしい。

その話を母親から伝え聞き、即座に「無理」と思ったのですが、最近になって少し大人っぽい本を書くようになった私は、たまに「親に見せたいな」と思うこ

とがあります。この本であれば、親としてもさほど恥ずかしくならずに済んだのではないか、と。

今となっては、親ともっと本の話をしておけばよかった、とも思います。父親は本が好きで出版社に入ったようで、確かにいつも本を読んでいました。が、親がどのような仕事をしているのかに子供はほとんど興味を持たないように、親がどのような本を読んでいるかも、子供にとってはどうでもいいこと。居間のテーブルに放置してある本が何なのかも、気にしたことはありませんでした。

ただし母親が読んでいた本はちょこまかと覗き見をしていて、特に瀬戸内晴美《せとうちはるみ》さん（当時）の小説のエロい部分を拾い読みしては、ゲヘゲヘしていたものでした。

ですから今、家に小学生の姪が遊びに来る時は、掃除よりも何よりも、本を隠すことに私は必死です。トイレにある青年マンガ誌は、セックス描写があるので撤去。連載している週刊誌も、色っぽいグラビアが多いので、もちろん撤去。豪華な春画の画集を頂戴した時は、あまりに巨大な画集であったため、どこに隠したらいいものやら、てんてこまいしたものでしたっけ。

姪に買い与えるマンガなども、「刺激が強すぎないかしら、傷ついたりしないかしら」などと吟味している自分に気づくと、ハタと可笑《おか》しくなってきます。自分が小学生の時は、近所の店や空き地で、必死にエロ本の立ち読み・座り読みをしていたのにねぇ、と。

姪は読書好きで、区の作文コンクールなどでも、表彰されたのだそうです。その文集を見せてもらったところ、自虐の手法などの芸風が何となく私と似ている。私の本など、読んだことはないはずなのに……。読書好きなのは嬉しいことですが、少しだけ姪の将来が心配な、叔母さんなのでした。

我が両親も、エロ本にばかり興味を示す娘をさぞ心配していたことでしょう。が、無理に良書を与えたりなどせず、流れに任せていたため、私は未《いま》だに、『小公子』も『小公女』も、その他の小学生が読むべき良書は、一冊も読んだことがありません。

そんな中で唯一、父親が持っていた本に影響を受けたといえば、内田百閒《うちだひやっけん》と宮脇俊三《みやわきしゅんぞう》の本に関して、でしょうか。私が中学生時代、父親が買ってきたのが『時刻表2万キロ』(宮脇俊三)。出版社に勤務する傍ら好きな鉄道にせっせと乗って、日本の全ての路線に完乗するまでを記した作品です。

私はこの本で「鉄道って素敵!」と衝撃を受けたのですが、かといって中学生の時点では自分で乗りに行くほどの行動力は持っていなかったため、大人になってから鉄道好きとなるのでした。やはり父親の蔵書にあった『阿房《あほう》列車』（内田百閒）なども読んでいた私は、鉄道好きというよりは、鉄道紀行好きとなったのです。

宮脇俊三さんと父は、同世代。職業的にも近いということで、父はシンパシイを抱いていたのかもしれません。父は自動車派で、鉄道で旅をすることは滅多に無かったのですが、週末に家族から離れて一人で旅をする宮脇さんのライフスタイルに憧れていたのかもなぁと、今になって思います。

このように振り返ってみますと、意外に親の読書傾向に影響を受けているのかもしれない、私の職業。エロも鉄道も、今の自分には欠かせない要素なのですから。

子供の頃、父親の会社を訪ねた時に最も強く残っている記憶は、書庫の匂いでした。洋書の会社であったため、書庫にはぎっしりと洋書が収められていたのですが、洋書からは和書とは異なる独特な匂いが漂うのです。静かな書庫でその匂いに包まれる時間が、私は好きでした。

最後にその匂いを嗅いでから、どれほどの長い時間が経ったことでしょう。もう一度あの匂いを嗅いだなら、私はきっと一気に幼い頃に戻り、まだ若く、本を愛して仕事をしていた父親の顔を、無邪気に見上げるに違いありません。

13　世襲の妙味

日本が誇る伝統芸能、歌舞伎。それは、ほとんど家族や親戚同士で演じているという、珍しいタイプの演劇です。親が立役《たちやく》で息子が女形だったりすると、舞台の上では、立役の父親が女形の息子を口説いていたりもして、いつも「変わった演劇だなぁ」と思う。

しかし歌舞伎ファンは、父と息子がラブシーンを演じたりするところに、「イイ！」と思うわけです。「男だけ」ということのみならず、家族で演じているところが、歌舞伎の醍醐《だいご》味《み》の一つではないか。

家族による演劇であるからこそ、歌舞伎は、「観る」というよりも「観続ける」ことによって、より楽しむことができるのでした。歌舞伎の「家」の御曹司が子役として登場すれば、

「なんて可愛いんでしょう！」

と、観客が皆、祖母モードに。歌舞伎で子役を務めるのは、「家」の子供達だけでなく、劇団に所属する子供であるケースもあるわけですが、観客達の拍手は明らかに、「家」の御曹司に対しての方がずっと分厚いのであり、観客は、「家」を観に来ているといってもいいでしょう。

子役が成長していくと、

「大きくなったわねぇ」

と目を細める観客達。さらに時が経って、かつて子役だった役者が大人になれば、

「どんどんお父さんと似てくるわね」

「お祖父《じい》ちゃんにもそっくりよ」

などと言い合うのです。

歌舞伎ファンは、単に演劇を観ているのではありません。ファン達が観ているのは、「家族が、どのようにつながっていくか／いかないか」というところ。時の経過とともに、役者一家のあり方が変化していく様を確認するところに、歌舞伎見物の意義はあります。

歌舞伎の世界では、名門の家の御曹司に生まれないと、良い役につくことはで

きません。坂東玉三郎《ばんどうたまさぶろう》のように、並外れた資質を持つ人が、歌舞伎役者の養子となってスターになるケースも稀《まれ》にあるようですが、基本的には「家」に生まれた人の前にのみ、道は続いている。

前進座のような劇団は、歌舞伎界における門閥主義に反旗を翻した人達が作ったものだと言います。確かに、どれほど努力しても、「家」に生まれない限りは良い役がつかないとしたら、不満を持つ人が出るでしょう。別団体を作りたくなるのも、むべなるかな。

しかし、家制度を強固に守る保守的歌舞伎と、「実力次第で誰もがスターに」という民主的歌舞伎とを比べた時、どちらが人気があるかといったら、前者なのです。後者は、経年による変化は、「あの役者も、年をとった」といったことくらいしか、感じることはできない。歌舞伎において、「家」に生まれた男の子が子役としてデビューし、やがて大人になって、子孫を残して死んでいく……という、家がつながっていく様は、保守的歌舞伎ならではの見所です。

歌舞伎を観るという行為は、ですから皇室を観ることと似ているのです。どちらも、そこに男子として生まれたならば、他の職業選択はほぼ不可能という「家」。お世継ぎを残して、家を次につないでいくことが彼等の責務でもあります。

どれほど民主的な世になろうと、その時に女は決して家を継ぐことはできません。その手の家において、女は徹頭徹尾、男を支える役としてのみ存在するのでした。

必ずや次世代につないでいかなくてはならない家は、今や珍しいものとなっています。我が家のような終了家族では、

「ま、家がなくなるからといってどうということはないし」

「墓じまい、どうする？」

などと、あっさりした気分で話し合っている。

そんな世の中だからこそ我々青人草《あおひとくさ》は、それらの家に生まれた人達について、ああだこうだと話題にしてしまうのでしょう。歌舞伎役者にとっては、「家族をつなげる」ということもまた、芸の一部。歌舞伎など観たことがない人も、歌舞伎役者のゴシップをつい追いかけてしまうのは、歌舞伎そのものの芸とは違い、「家族をつなげる」という芸は誰でも批評することができるからなのです。

中村屋一家や、成田屋一家のことは、テレビ局がずっと追いかけている模様で、定期的にドキュメンタリー番組が放送されています。視聴者は、

「勘九郎さん、怖いくらいお父さんに似てきた」

とか、

「勘玄《かんげん》ちゃん、まだ小さいのにあんなに芸達者で」

などと、親戚気分で楽しむことができる。

それは、天皇家においても同じことです。

「浩宮さま、すっかり貫禄がついて」

とか、

「悠仁さま、やっぱりお父さんに似てる」

などという話をするのは、日本人にとってお天気の話をするようなもの。家族がつながらなくなってきている世の中において、歌舞伎の家や天皇家は、私達に「つながる家族」の幻想を見せてくれます。

このような伝統的家族は、人々から見られ、批評されることが運命づけられています。その時に我々が欲しているのは、禍福のコントラストの強さなのだと私は思う。

たとえば、中村勘九郎一家。現在の勘九郎は六代目ですが、お父さんの十八代目勘三郎《かんざぶろう》は、二〇一二年に、五十七歳で世を去っています。

歌舞伎界きっての人気者であった十八代目勘三郎の死は、歌舞伎界にとっても、一族にとっても、大きな悲劇。しかしその時、息子の勘九郎には既に男の子が生まれていたのであり、中村屋はさらに続いていく。……という禍福ストーリーに、私達は涙しました。

また十一代目市川海老蔵も、小林麻央《こばやしまお》さんと結婚して長女が誕生した後に、父・十二代目團十郎《だんじゅうろう》が二〇一三年に亡くなると、その直後に長男が誕生。……と思ったら麻央さんのがんがわかり、やがて他界してしまうという、禍福に次ぐ禍福という激しい運命の荒波に揉まれています。

海老蔵さんを特集しているテレビ番組を見ていたら、

「功績を残すのではなく、人を残したい」

といったことをおっしゃっていました。この時の「人」とは、もちろんお弟子さん等も含まれることとは思いますが、主には自身の子供のことを指すのでしょう。子を立派な役者に育て、三百年以上続く成田屋という家をつないでいくことが、大切。それに比べたら自身の功績なんて。……ということではないか。

歌舞伎ファン、および「家族」のファン達は、彼のこの言葉にグッときたことと思います。かつては深夜の西麻布で喧嘩をしたりしていた人が、今やこのように立派なことを言うようになったのかと、我が子が成長したかのような満足感を得た人が、多かったのではないか。

天皇家の禍福もまた、私達の大好物です。皇族メンバーが結婚しただの子供を産んだだのという時には、大興奮。同時に、何か深刻な問題が発生した時も、目《め》出度《でた》い時と同じくらい生き生きと、目を輝かせるのです。

昨今、皆が大喜びでかぶりついている皇室の話題は、眞子さまの結婚問題でしょう。婚約となった時は、「眞子様もちゃんと青春を楽しんでいらしたのね。よかったよかった」と寿《ことほ》いだものですが、お相手の問題が色々と発覚したとなると、

「ああいう家の人は、自由に恋愛なんてしちゃ駄目なのよ。ちゃんと親が探して紹介してあげないと」

とか、

「やっぱり深窓の令嬢だから、男性のことはよくわからないのか……」

などと、皆が親戚のおばちゃんと化したもの。時にはイギリス王室のことについてまで、

「ダイアナさんが生きてたら、あの嫁のことをどう思うかしらね……」

などと、姑目線で見たりもしていました。

前章でも触れましたが、歌舞伎の家や天皇家など、同族のみで一種の職業を継

いでいくスタイルは、今の世の中では主流ではありません。一族の出身というだけで、能力的には今ひとつな人がトップに立ってしまうと、一般企業は立ち行かない。その企業のプロパーですらない、プロ経営者のような人がトップに立ったりもする今、同族企業とは反対の、実力主義的な動きが目立つのです。

しかしそんな時代だからこそ、一方では「同族の力」が見直されてもいます。たとえば、かつては同族企業だったけれど、既に創業一族が経営から外れている、といった会社。その手の企業が危機に陥った時、起死回生の策として、創業一族から経営者を選ぶことがあるものです。トヨタであれば「豊田」と名のつくトップを戴くことで、社員のロイヤリティーを喚起するなど、一種の「神降臨」感をもたらすことができるのではないか。

日本人の中には、その手のことが嫌いではないという気質が、今も脈々とある気がしてなりません。それはおそらく、武士の時代の影響ではないかと思うのですが、いわゆる大名家というのは、歌舞伎の家や天皇家と同様に、家族を延々とつなげていかなくてはならないシステムでした。世継ぎがいない場合はお取り潰しになったりもしたわけで、殿様達は側室でも何でも置いて、必死に家をつなげていったのです。

家臣達は、そんな君主に仕えることにうっとりしていたのではないかと、忠臣蔵など観ているると感じるものです。赤穂《あこう》藩主である浅野内匠頭《あさのたくみのかみ》が、江戸城でキレて吉良上野介《きらこうずけのすけ》に斬りかかってしまって切腹、というのが忠臣蔵の発端。主君の無念を晴らそうと、大石内蔵助《おおいしくらのすけ》ら四十七人の家臣が、吉良を討った後に切腹することになります。

この時、もしも浅野内匠頭が〝プロ経営者〟的な存在で、藩の経営のためだけにどこかから連れてこられた殿様であったら、四十七士は彼のために腹を切ったでしょうか。彼が浅野家の御曹司であったからこそ、家臣達は「吉良、許さぬ」と忠誠心をたぎらせたのではないか。

さらに言うなら、浅野内匠頭は、子供の頃に両親を亡くしています。家臣達は、幼い藩主を家族のように見守っていたことでしょう。そのこともまた、悲劇的な仇討《あだう》ちへとつながった一因ではないかと思います。

儒教においては、親への「孝」、君主への「忠」が重要視されています。儒教の影響が強かった江戸時代、親であれ君主であれ、自分より「上」の人々に対しては絶対服従、という感覚が日本人に染み込んだと思われる。儒教的社会ではしばしば、孝やら忠やらのために、人々が尋常でない無理をしているのであり、そ

んな無理に対して、周囲の人々が、

「あっぱれ！」

と、讃えたりしている。

四十七士の討ち入り&切腹も、そんな「無理」の一つでしょう。彼等の場合、君主が死して後、雌伏の時を経て仇討ちを果たしたわけですが、仇討ちをすれば自分も切腹となるのを知っていながら決行に至った背景には、「つべこべ言わずに『上』に仕える」という感覚から発生する、孝と忠とが入り乱れた陶酔感があったのではないか。

そんな時代の後、日本は大きく変化しました。明治の文明開化の時代となれば、切腹もちょんまげも過去のものに。第二次大戦後には民主化が進んで、家制度も解体。人間、上とか下なんて無いんですよ、という世になったのです。最近となればさらに意識は進んで、会社で上司が部下に対して無茶なことを言えばパワハラになりますし、家庭では親が子に無茶なことを言えば毒親とされる。かつて「上」だった人に絶対服従する感覚は、薄れてきています。

一方で、孝とか忠とかに陶酔したいという欲求は、まだまだ日本人の中に残っている気がしてなりません。家庭においては、夫を「主人」と呼び、主人を「立て」たり、主人に従ったり、従うフリをしたがる妻はたくさんいる。職場においてもまた、上司や業務に対して身を投げ出すようにしている人はいる……。

上に絶対服従というシステムは、人道的ではありませんが、「考えなくていい」という気楽さをもたらします。ひたすら誰かに従うことによって自分が消失するからこそ、うっとり感が湧き上がるのでしょう。

対して民主的で平等な世の中においては、いつも自分をしっかり持って、考えながら行動しなくてはなりません。だからこそ人は、上に従っていればよかったというかつての世に郷愁を抱くのではないか。家族の形態が多様化している中で、「代々続く」的な家族もまた、珍重されるようになったのです。

二世・三世の議員はいかがなものか、という声がいくら強くなっても、政治の「家」の候補者が強いのは、だからこそ。人々は「家」に対する何らかの期待を持って、一票を投じています。

もちろん歌舞伎も、その手の感覚に支えられていましょう。舞台の上では、伝統的な家族の形態がデフォルメされて「そんな無茶な」という物語が展開していきますし、演じる歌舞伎役者の家族もまた、お世継ぎ必須で、男と女の主従関係がはっきりりしている。演目においても役者においても、クラシックな家族のあり方という「懐かしの味」を、歌舞伎ファンは味わいたいのです。

そして、天皇家。日本で最も「つなげていかなくてはならない」というプレッシャーが重いであろうあの一家は、存続の危機に晒《さら》されています。まだ歌舞伎の家であれば、子がなくても養子をとるという手がありますが、天皇家ではそうはいくまい。

女帝問題や女性宮家といった問題については、悠仁さまが生まれてからというもの、「ま、考えるのはもう少し後でも」と、先延ばしにされています。悠仁さまが子孫を残さないと天皇家は断絶！　というかなりギリギリの「禍」を、眞子さま結婚問題などにかまけて、誰もが見ぬフリをしている。

もしも天皇家が断絶したら、どうなるのか。日本の家族観も、かなり変わるのではないか。……などということをつい考えてしまうのは、私もまた、断絶する家族の端っこに立っているから。本当に断絶してしまった時、天皇という存在は初めて、我々の〝象徴〟となるのかもしれません。

〈追記〉本稿を書いたのは、眞子さま（当時）が小室圭さんと婚約したものの、諸々の報道を受けて結婚を延期した後のこと。以降、二〇二一年末の結婚から出国まで、二人のことは大きな話題となり続けた。同時に、そのままでは〝持続不可能〟な皇室の将来についても〝議論が再燃することとなる。

14 毒親からの超克

年をとる毎に痛感すること。それは、「親の影響の大きさ」です。

若い頃は、自分と親との間のつながりを、ほとんど意識せずにいました。誰かに「似てる」などと言われても、親と自分との間に共通点を見出すことができず、「たまたま家族だけれど、親と私は、全く別の人」だと思っていたのです。

しかし年をとればとるほど、自分の中に存在する「親がもたらしたもの」の分量は、増してくるかのよう。「自分は紛れもなく、あの親の子供である」と、実感せざるを得なくなってきたではありませんか。

たとえば私は、顔は父親寄りで、身体は母親寄りなのですが、年々、寄り方が著しくなっていくのです。加齢と共に顔の肉に締まりがなくなり、タレ目になっていくその感じを鏡で見て、

「お父さん……」

と思ったり。気を抜いた瞬間の写真は、父親を通り越して、祖父に似ていたりもする。

首から下では、手の甲に血管の青筋がぼこぼこと浮く様や二の腕の筋肉の付き方などを見て、

「お母さん……」

と、母が懐かしく思い出される、と。

体質も、母親に近いような気がします。加齢と共に私は胃弱となってきたのですが、「そういえば母親も、『遅い時間に食事をしたくないわ、もたれるから』とか言っていたっけ。その気持ち、わかるわー」と思いますし、極端な冷え性というのも似ている。母親が今も生きていたなら、

「お母さんも、色々大変だったのネー」

と、互いにしかわからぬ「体調あるある」を話し合ってみたいものよ、と思います。

咳払いの仕方なども、母親そっくりになってきて怖い昨今、友人達を見ても、お母さんに酷似してくるケースがままあります。母娘共に知っている学生時代の友達の場合は、私達が学生時代の頃の彼女達のお母さんの姿に生き写しになって

いたりもするもの。同窓会で久しぶりに会うと、一瞬お母さんが来てしまったのではないかと、びっくりするのでした。

親から子へと引き継がれる、生物としての濃厚な「何か」。それははるか昔のご先祖様から脈々と流れてきた「何か」であり、「この流れを私は今、止めようとしているのだなぁ」ということも実感せざるを得ません。

このように、外見だけをとっても、「人間は、そう簡単に変わるものではない」と思うわけですが、外見と同様に人間の中身も、変わらず受け継がれていくものです。

私の場合、明るくて社交的、人見知りをしない、といった母親の良い部分は全く遺伝しなかったのですが、悪いところはそっくり引き継いでいます。ずっと母親に対して「嫌だな」と思っていた、承認欲求の強さとか知ったかぶりをするところなどは、大人になればなるほど、自分の中ではっきりとその存在を主張するようになってきたではありませんか。

「これも遺伝？　それとも身近で母親を見ていたが故の影響？」

と、ぞっとするものです。

また私は、婚外恋愛というものに対して「人間なんだから仕方がない」という鷹揚《おうよう》な感覚を持っていますが、それもまた、親の影響でしょう。前にも書いた通り、我が母は婚外恋愛の楽しみを享受していましたから、「そういうものだ」と思って私は思春期を過ごし、今に至ります。対して、両親がずっと仲良しだった人の場合は、自分が結婚した後、相手に浮気などされようものなら、ただならぬショックを受けることとでしょう。その手の人は、自分が婚外恋愛をする可能性も、低いのかもしれません。

子供に対する親の影響は計り知れないものがあるわけですが、私の好きな卓球界においては、それがわかりやすい形で表れています。

張本智和《はりもとともかず》くんをはじめとした天才卓球少年・少女は、「天才」と言われているものの、天賦《てんぷ》の才だけで卓球をしているわけではありません。二歳とか三歳の頃から親がラケットを握らせて猛特訓したからこそ、世界に通用する選手となったわけで、卓球界においては、もはや親の意志なしでトップ選手になるのは、難しいのではないか。

そういった「親の方針」は、時に裏目に出ることもあります。新聞を読んでいたら、ある女性のインタビュー記事が載っていました。彼女は、自分の心身を捧げるようにして、親との縁が薄い子供達のためのボランティアに取り組む人でした。

なぜそのような活動に身を捧げるようになったかというと、彼女は小さい頃から、自分の夢を子供に託した親から卓球の英才教育を受け、時には殴られたり、怒鳴られたりしていたのだそうです。そこから逃避をするために道を踏み外したこともあったけれど、次第に「子供達のためになりたい」という気持ちが募っていった、と。親に対する絶望が、親との縁が薄い子供達への優しい眼差《まなざ》しとなったのでしょう。

私はこの記事を見て「あ」と思ったものでした。マスコミに登場するような天才卓球少年・少女の陰には、同じように小さい頃から特訓を受けてきても、張本くんや美宇《みう》ちゃん、美誠《みま》ちゃんのようになることができなかった人が、実はたくさん存在する。そして、世界で活躍する選手の親は「上手に子供を育てた偉大な親」と言われるけれど、そうでない人の親は「自分のエゴを子供に押しつけた毒親」になってしまうのではないか、と。

卓球だけではありません。様々なスポーツや囲碁・将棋などの世界でも、昨今のスター選手の多くは、「親もしていた」とか「親にすすめられて」という理由で、小さい頃からの英才教育を受けているものです。

勉強にしても、そうでしょう。親の方針で、小さい頃から勉学の方面に突出するように育てられる子供はたくさんいます。

とはいえ、子供の頃から英才教育を受けた全員が成功するわけではありません。自分の知り合いを思い浮かべても、親が教育者だったり、高学歴だったりして「我が子も」と思っている場合、素直に親と同様の道を歩むケースもある一方、反発してとんでもない方向へ進んでしまったケースもあったもの。そしてやはり、前者の親は「うまく育てた」と言われ、後者は「毒親」と言われるのです。

毒親という言葉がブームになったのは、ここ数年のことでしょう。しかし、言葉の登場以前から、この手の問題は存在していました。思えばドラマ「3年B組金八先生」においても、子供に過干渉な親、勉強を強制しすぎる親など、今で言うところの毒親が描かれていたのです。

最初に金八先生が放送された昭和五十四年（一九七九年）頃は、「教育ママ」「母子密着」といったことが話題になっていました。当時の母親達といえば、結婚したら仕事を辞めて家庭に入るのが当たり前だった世代。母親達は、「私はできなかったけれど、この子には……」と、様々な見果てぬ夢を、我が子に注入していました。

当時の中高生の親は、戦争末期や、戦後の混乱期に子供時代を過ごした世代。日本が貧しかった時代を知っており、かつ高度経済成長期に大人であったからこそ、自分の子供には、自分達よりも色々な意味で「上」の生活をしてもらいたかったし、当然それができると思っていたのです。

そんな親達が、今思えば毒親の走り。もちろん、もっと前にも子供に対して厳しい教育を強いたり、子供の進む道を独断的に親が決めたりといったケースは、多々あったでしょう。しかし昔の強権的な親は、毒親とは言われませんでした。封建的な社会においては、親が子供について決定権を持つのは当然でしたし、子供も「NO」と言う権利は持っていなかったのですから。

毒親問題は、子供の側が、

「うちの親は毒親でした!」

と宣言することが可能な民主的な社会になったからこそ、表面化した問題です。私の世代の場合は、世の中が民主的かつ平和である上に、父親は仕事が忙しくて家庭を顧みず、母親は専業主婦で家にべったり……という社会情勢の中で、母親と子供の近すぎる関係が問題になりました。母親達は、食うや食わずで明日をも知れぬ命、といったわかりやすい不幸は感じていなかったけれど、将来に対する漠然とした不安や不満を抱くように。そのモヤモヤを夫が受けとめないので、母親達は子供において自己実現をせざるを得なくなっていきました。そしてそんな子供が長じて後、「自分の人生がどうもうまくいかないのは、親に原因があるのでは？」と、声をあげるようになったのです。

たとえば拒食症になった理由を探っていくと親にたどり着いた、とか。勉強しろというプレッシャーに耐えかねて犯罪を犯してしまう、とか。当時はまだ「毒親」という言い方は浸透していませんでしたが、子供の製造責任者としての親のあり方が、問われるようになってきたのです。

何事も原因がわかるとすっきりしますが、自分の人生の問題点の原因が親にある、としたことによって、視界がひらけた人は、多かったものと思われます。人生がうまくいかないのは自分のせいではない。親のせいなのだ、と思えば、重荷から逃れられたような気分にもなることができた。

我々世代が「毒親育ち」をカミングアウトするようになったことによって、「うちの親も」と思い当たる人は多かったものと思われます。「毒親」という言葉は次第に広まり、自身の毒親体験を綴《つづ》ったエッセイなども、次々と出版されるように。有名な作家さんでも、毒親体験を書いている方が珍しくありません。毒親

は、子供に表現欲求をもたらす存在でもあるのかもしれず、

「私の親って、毒親だったから」

という告白が、しばしば聞かれるようになったのです。

毒親について書くのは女性が多い気がするのですが、それは母親が娘に対する複雑な感情を抱きがちだからなのかもしれません。自分は短大までしか行くことができなかったから、娘はなるべく偏差値の高い四年制大学へ進んでほしい。自分は結婚で仕事を辞めたから、娘にはバリバリ仕事を続けてほしい。……と期待しつつ、いざ娘がその通りの道を歩み始めたら、

「あなたは気ままに生きていけていいわよね、私なんか……」

と、猛然と嫉妬をしてきたり。

「男女交際なんてとんでもない」と娘に清浄な生活を強制していたのに、ある年頃になったら急に、

「彼氏の一人もいないの？」

「早く孫の顔を見せてほしい」

とやいのやいの言い始め、その割には見合いの話を持ってくるでもなく、

「自分で見つけられるでしょう？」

と、放置。「ずっとセックスなんて考えることも禁止だったのに、急にセックスしろだなんて」と、娘を戸惑わせたり。

女性の生き方がどんどん変化していくからこそ、母親の教育方針と娘の生き方との間には、ズレが生じがちなのでした。そのズレから毒素が生じ、娘の人生をじわじわと侵食していくのでしょう。

では自分は、と考えてみますと、私もまた、自分の性格や不幸を「親のせい」としたい、という欲求を持っています。治したいのにどうしても治らない、性格のねじれ。多数派でいることが好きなのに、多数派ではない方向に寄りがちな、人生。その原因を親と結びつけて考えることができたら、性格の暗部や不幸は消えはしないものの、「なるほど」と納得できるのではないか、と。

しかし、

「私の親は、毒親でした！」

と堂々と宣言できるほどの親であったかというと、そうでもないのです。以前も縷々《るる》記した通り、笑いの絶えない仲良し家族であったわけではない、私の生育環境。今時の若者のように、親が大好きでしょうがないとか、尊敬する人は親とか、そういうことでも決してありません。

とはいえ手間も暇も、そしてお金もかけて親は私を育ててくれたし、殴られたり怒鳴られたりもしなかったし、清潔な服と栄養豊かなご飯を与えられ、きゅうりをカリカリ噛むだけで、

「まぁ、いい音！」

と、褒めてもらうことができた。家庭における光と闇のコントラストは大きかったものの、親には十二分なことをしてもらったわけで、我が親が私に注入したものは「毒」と言うよりは、かなり風味の強い「スパイス」だったのではないかと思います。

自分が大人になってみると、「親もまた、その親が育てた子である」という事実も、わかってきます。父親と母親がそれぞれ育った時代と環境を考えてみれば、「あのような性格になるのもまぁ、無理はないのかも」という気がしてくるわけで、自分の性格と人生も、親、親の親、さらにその親……と、様々な人物が紡いだ因果が絡まり合った結果なのでしょう。

私が普通に結婚できなかったのは、円満な夫婦生活を送ってこなかった親のせいに違いない。……と私は思うことにしているのですが、それは一つの方便なのでした。親のせいにしておくと、責任を負わなくて済むような気がするもの。

「悪いのは私ではない。仕方がなかったんです」と、思いたいのです。

しかし、様々な不幸や不都合を親のせいにするのは、いい加減に終わらせなくてはならない時期が、来ているようです。親からの遺伝や教育が人生にもたらす影響は、確かに大きい。けれど、人生は親からの遺伝や教育によってのみ、決定づけられるものにも非ず。若い頃は「親のせい」にすることができる部分もありましょうが、その先は「自分のせい」になってくるのです。

たとえば、親が子供に箸の持ち方を正しく教えなかったとしても、ある程度の年齢になったら、「自分の箸の持ち方はおかしい」と自分で気づき、自分で直すことができる。同じように、性格の歪みも人生の歪みも、途中までは親のせいにして責任放棄することができても、その後は自分でどうにかしなくてはなりません。

外見は、どんどん親と似てくる昨今。声などはほとんど、かつての母親と「同じ」とすら言われます。しかし親と似てくるお年頃というのは、中身においては親と決別しなくてはいけない時期なのでしょう。不幸や歪みを親のせいにしているうちはまだ、親に頼り、甘えているのと同じ事。親からの影響が好ましくないものであったならば、それを自分の力でどうにかすることが、本当の意味で親の手を離れるということなのではないかと、五十代の今にして思うのでした。

15「一人」という家族形態

日本の「世帯」を構成する人数は、どんどん減っています。国民生活基礎調査によれば、昭和二十八年（一九五三年）の、平均世帯人員は、五・〇人。戦後のベビーブーム後のこの時代は、平均で五人家族だったのであり、さらなる大家族も、全く珍しくなかったことになります。

その後、世帯の人数は減り続け、令和元年（二〇一九年）時点で、平均世帯人数は二・三九人に。約六十五年で、家族の人数は約半減しているのです。

「普通の家族」のイメージは、常に変化していきます。高度経済成長期の頃に流行語となったのは、「核家族」という言葉。夫婦や親子のみで暮らす家族のことを言います。それまでは、祖父母が同居する三世帯家族や、身内のみならず、お手伝いさんや書生といった身内以外の人が住み込んでいる家庭も、珍しくありませんでした。

しかし戦争の傷が癒えた頃からは、家族のメンバーが減少していきます。個人主義の傾向が強くなるにつれ、身内であっても、世代の離れた人との同居は敬遠されるようになってきたのです。

若い夫婦は、舅姑と同居することを嫌がるようになりました。結婚したら、持ち家と自家用車は必須だけれど姑と同居するのは嫌、という若い嫁達の気持ちを表した「家付きカー付きババア抜き」という言葉が流行ったのも、高度経済成長期です。

『サザエさん』は、敗戦後すぐに連載が始まったマンガですから、核家族ブームの前の日本の家族像を示しています。既婚子持ちのサザエが自分の実家に住むという形態は当時としては特殊ですが、祖父母から孫まで、三世代七人という大家族は、今では農家などでしか見られなくなったスタイル。

『ちびまる子ちゃん』で描かれるのも、三世代同居の六人家族です。高度経済成長期に生まれた故さくらももこさんは、ほぼ同世代の私と同様、三世代同居を経験した最後の世代かもしれません。

今、『サザエさん』や『ちびまる子ちゃん』における大家族は、一種のファンタジーとして、お茶の間（という言葉も既にファンタジーなのだが）で愛されています。中高年は、磯野／フグ田家、そしてさくら家を見て「古き良き日本の家族」を回顧し、若い世代は「こんなに大勢で住んでいたこともあるんだね」という時代劇感覚で、それらのアニメを眺めているのではないか。そして「ビッグダディ」などの大家族ものドキュメンタリーがかつて大流行したのも、大勢で住むという形態が珍しいからこそ。

平均世帯人数の減少の原因は、このように三世代同居の減少、そして出生率の減少といったことが考えられるのでした。さらには「単独世帯」、つまり一人暮らしの人が増えていることも、大きな原因でしょう。

令和元年の統計では、日本の全世帯の中で、単独世帯の割合は、「夫婦＋子供」や「夫婦のみ」の世帯、そしてもちろん「三世代同居」の割合を超えて、二八・八パーセントとなっています。今や「一人暮らし」は、日本で最も一般的な暮らし方となっているのです。国立社会保障・人口問題研究所によると、その割合は二〇四〇年には四〇パーセント近くになると予測されていますから、一つの「家」に住むのは「族」とは限らないのであり、「ファミリー」を「家族」と訳すのは、そろそろやめた方がいいのかも。もしくは、「家族とは、共に暮らす人達」という感覚を、変えたほうがいいのかもしれません。

一人暮らし世帯がなぜ増えているかといえば、人がなかなか結婚しなくなったことがあげられましょう。昔は、結婚するまでは実家で暮らし、結婚によって相手の家のメンバーとして組み込まれ、最後は子や孫に看取られる……ということで、一人暮らしはおろか、核家族生活も体験しない一生を送った人がいたものですが、そのような人は今や、絶滅危惧種。

独身のまま実家を出て一人暮らしをし、一生そのまま、というケースは増えています。ずっと実家に暮らし続ける独身者もいますが、いつかは親も死ぬわけで、やがて一人暮らしとなる。

結婚して子供がいる人も、高齢になってから一人暮らしになる可能性が大いにあります。寿命がどんどん長くなっているとはいえ、夫婦が揃って長生きとは限らないわけで、つれあいに先立たれてからの人生が延々と続く可能性がある。特に女性は男性よりも平均寿命が長いですから、夫に先立たれた後に一人暮らしになるケースがしばしば見られるのです。

一人暮らしの人は、そうでない人から「可哀想」と見られがちです。大家族は「和気藹々」「賑やか」などと言われ、そこに暮らす人は決して「可哀想」と言われないのに対して、一人暮らしの人、それも特に高齢者は、

「お寂しいでしょう」

「孤独死が心配では？」

などと言われることになる。

しかし私は、

「一人暮らしは本当に『可哀想』なのか？」

と、疑問に思うのでした。一人暮らしが増える大きな理由として、私は「一人暮らしが楽しいから」というものがあるように思います。私は、生まれた時は三世代五人家族で、その後四（祖母死去）↓三（兄、結婚により家を出る）↓一（実家を出て一人暮らしに）と家族のメンバーを減らしていき、今は同居人と二人で暮らすわけですが、一人暮らしはとにかく気楽で、楽しかった。もちろん寂しい瞬間もありますが、他人に気を遣わなくていいという気楽さは、格別だったものです。

独身独居生活が長い人は、

「今さら誰かと暮らしたくない」

と言います。とはいえ高齢になったら寂しさが募るのでは、という意見もあると思いますが、高齢だからこそ一人がいい、という人もいるのではないか。

高齢者の自殺が多い地域においては、一人暮らしのお年寄りよりも、家族と共に住むお年寄りの方が、自殺率が高いのだそうです。家族と同居していると、周囲は「家族と一緒だから安心」と思いがちですが、誰かと一緒にいるのに孤独という方が、一人でいる孤独よりもつらいもの。家族がそれぞれしたいことをしている中で、お年寄りの孤独感は深まるのかもしれません。

一人暮らしのお年寄りは、一人でいることに慣れていますし、その楽しみ方も自分で模索します。周囲も、「あの人は、一人暮らし」と、なにかと気にかけていたりもする。「独居老人」というとすぐ「不幸」「寂しい」と見られがちですが、そうでもないケースは意外と多いのではないか。

日本人としては、「他人に迷惑をかけたくない」という感覚も、強く持っていることでしょう。東日本大震災の後、避難生活が続く中で、「家族に迷惑をかけているのがつらい」という思いが募るあまり自殺してしまったお年寄りのニュースを目にしました。幼い頃から「他人に迷惑をかけてはならない」と叩き込まれている日本の高齢者は、避難生活にあらずとも、家族と共に生活することによって、「迷惑をかけているのではないか」と日々、気を遣ってしまうのです。

その点、一人暮らしであれば、「家族に迷惑」という感覚とは縁遠くいられます。また、「老化している自分がどう見られているか」といった意識からも、解放されるのではないか。

たとえば、食事中に食べ物をこぼしたとしましょう。家族と一緒であれば、「おばあちゃん、ちゃんと食べられなくなっちゃったのね」と思われ、こぼしたものを拾われたり、口の周りを拭かれたりします。その時、家族としては「面倒を見てあげている」という感覚かもしれませんが、されている方としては「迷惑をかけている」「惨め」という思いが募るでしょう。

それが一人暮らしであれば、他者の視線を気にせず好きなように食べ、思い切りこぼすことができます。どれだけこぼしても一人なら「あらあら」とは思われないわけで、こぼしながらゆっくり食事をしてから、好きなように片付ければいいのです。

また足が悪くなって、家の中を這って移動するしかなくなった時、家族が一緒にいたら、「這って移動」という事実を容認してはくれず、「やはり施設に」となるでしょう。施設もまた良いとは思いますが、一人暮らしであれば、スピードも格好も気にせず、存分に這うことができる。本人さえ苦にしなければ、這うのもまた自由なのではないか。

そんなわけで私は、年をとって同居人に先立たれたら、できる限り一人でいたいものよ、と思うのでした。その方が他人の目を気にせず、自由に老化できるというものです。

知り合いの八十代独居女性も、身体の具合があちこち悪く、周囲の人々が施設への入居をすすめるのですが、彼女は絶対に受け入れないのでした。生涯独身で、一人で暮らす気楽さと自由を大切にしている彼女は、人生の最後の時期だからこそ、「気楽」という宝物を手放したくないのです。センス良くまとめられたマンションの部屋は、彼女のお城であり、故郷なのですから。

もちろん独居老人の場合は、もしもの時への備えが必要です。突然死をした後、長期間発見されない、といった事態はやはり避けたいですから、日々の安否がわかるようなシステムは、作っておきたいところ。

我が母が一人暮らしをしていた時も、安否確認のために毎朝、メールをやりとりしたものでした。まだ六十代だったため、不測の事態が発生する可能性は低いと思っていたのですが、しかし母はまさに「朝、突然倒れる」ということに。家族とでなくとも、友人知人達との連携は必要です。

そんな時、「女7人おひとりさま　みんなで一緒に暮らしたら」というNHK

スペシャルが放送されていたので、思わず見入った私。ずっと働き続け、結婚しなかったり離婚したりして独身の高齢女性達が、同じマンションの中の部屋をそれぞれに購入、互いに助け合いながら暮らしていく日々のドキュメンタリー番組です。

こういった状態に憧れを持つ人は、多いことでしょう。年をとればとるほど、家族よりも友達のありがたみがわかるものですが、とはいえいくら仲が良くても、友達と同居は無理。そんな時、ごく近くに友達が住んでいれば心強いのではないか、と。

七人の女性達は、その状態を「友達近居」と呼んでいました。プライベートの生活はそれぞれキープしながらも、助け合い、話し合いながら過ごす日々。それでも寂しい人は寂しいし、ぶつかり合うこともあれば、不安や悩みが消えることもありません。

しかしこういった暮らし方はこの先、増えていくでしょう。高齢だからこそ、一人でいたい。しかし、手助けは必要。……となった時、「友達近居」は心強いシステムだと思うのです。

気がつけば私も現在、友達近居に近い形を取っているのかもしれません。小学

校以来の仲良しの友達は皆、独居ではないものの今も同じ区内に住んでおり、

「ミカンが大量に届いたからもらって」

とか、

「紅白歌合戦、一緒に見ない？」

などと言い合うことができる距離。さらに年をとれば、友達と食事をするために西麻布に出て行くなどということはおっくうになるでしょうから、友人が「近くにいる」と、なにかと心強いのではないか。

その点、気をつけなくてはならないのは男性、および元キャリアウーマンです。ずっと専業主婦だった人の場合は、ママ友など、地元にたくさん友人知人がいるものです。対してずっと外で仕事をしていた人達の場合は、地元コミュニティーとの縁が薄い。定年後の男性が「濡れ落ち葉」と言われたのはだからこそであるわけですが、女性もずっと外で働くようになると、定年後のおばさんがかつてのおじさん化する可能性があるのです。

「女7人おひとりさま」に登場していたのも、ずっと仕事をしていた女性達でした。彼女達はもともと友達であったわけではなく、友達近居のシステムに賛同する人を募ってできた、お仲間。働き続けていたからこその行動力が、彼女達に友

達近居の道を拓きました。

シェアハウスは、友達近居の若者バージョンと言うことができるのかもしれません。シェアハウスでは、個人としてのスペースは確保しつつ、寂しい時は共有スペースで誰かと話したり、食事を共にすることもできます。「一人でいたい」という欲求と、「孤独は怖い」という感覚の両方を全ての現代人は持っているのであり、その両方を満たそうとする居住形態は、老若を問わず、さらに求められることでしょう。

高齢者のみならず、どのような年齢の人が一人暮らしをしていても特に驚かれることはない、今。しかし一人暮らしの人がどれほど増えても、夫婦や親子が共に暮らす、従来型の家族がなくなるわけではありません。むしろ一人暮らし世帯が増えた今、家族で一緒に住む人達は、「家族の幸福」がレアなものであることを自覚して、十分に堪能しているように見えます。

彼等がSNSでアピールする「家族の幸福」は、少子化で悩む日本に、悪くない効果をもたらしていると私は思います。これから結婚する可能性がある若者達は、その手のアピールを見て「結婚した方が良いのだろうか」と焦ったり、「自分もこんな家族が欲しい」と頑張るかもしれません。

私の若い頃、その手のアピール活動は、まだ盛んではありませんでした。家族の幸せアピールの場は、せいぜい年賀状の家族写真くらい。それすらも、「他人の家族など見たくない」という声のせいで、家族持ち達は家族の写真入りと写真なし、二種類の年賀状を作ったりしなくてはなりませんでした。

私の若い頃は、家族持ちと話をすれば「妻とは家庭内別居状態で」だの「もう何十年もセックスしていない」だの「子供は口もきいてくれない」だのといったネガティブな話題ばかりで、ちっとも「家族を持ちたい」という気分にならなかったものです。SNS時代となって、家族旅行だバーベキューだと家族の幸せアピールが存分にできるようになって、家族への憧憬は強まったのではないか。

しかしそんな時代であるからこそ、「家族は幸せでなくてはならない」というプレッシャーも、重くなっているのかもしれません。我が子を殺めてしまった人が、その数日前に子供との楽しげな写真をSNSにアップしているのをニュースで見ることがありますが、殺してしまうほど子育てが苦しいのに、楽しいフリをしなくてはならないというつらさが、そこからは滲みます。

その点、一人暮らしの場合は、幸せのプレッシャーも無ければ、「楽しいアピール」をしなくてもいいのが、楽なところ。一人で自分の好きな料理を作り、しみじみ食するのは実に美味しく幸せな瞬間ですが、一人暮らしの人はそれをことさらアピールしようとはしないのです。

家族と暮らしながらも不幸な人は、一人暮らしの人を「可哀想」と思うことによって、自らを支えているのかもしれません。しかし一人暮らしの人は、幸せであっても幸せをアピールせず、幸せを他人と比べることもしない人。

「でも、孤独死するのは嫌でしょう？」

という声もありましょうが、一人暮らしの人はおそらく、一人で死ぬことも、さほど嫌ではないのです。「孤独死」という言葉には悪いイメージが付きまとい、美人女優が一人で死んだりすると、マスコミは寄ってたかって「惨め」扱いするもの。

その時、世の人は「孤独死した女優に比べて、自分はなんてまっとうに生きているのだろう」という優越感を得つつワイドショーを見るわけですが、しかし一人で死んだ女優さんは、それほど惨めでも不幸でもなかったのではないかと、私は思う。ただ死亡した瞬間に一人でいた、ということは、幸福とも不幸とも結びつかないのではないか。

一人で死んだ美人女優を憐れんだ人もまた、いつか一人になって孤独死する可能性が大いにある、今の世の中。しかし一人で生きることが「普通」である世においては、一人で死ぬこともまた「普通」になっていくのではないか。一人で死ぬシステムが整い、一人で死ぬことが当たり前になることによって、死に方差別が減少すればいいいなぁと、私は思います。

16　疑似でも家族

自分の家庭の外にも、家族のような絆を見出すことが大好きな人が多いような気がする、我が国。もちろんそれは、「別宅を構える」といったことを指すのではありません。不倫程度であれば手を出す人はいても、愛人に家を与えて囲うことができる人は、今や少なくなったのではないでしょうか。

私がここで言いたいのは、たとえば反社会的組織、すなわち暴力団の人達が育みがちな、疑似家族関係のこと。実録ものの映像などを見ていますと、彼等は同じ組織に属すると、親子とか兄弟の杯を交わすことになっている模様。杯を交わしたならばもう「一家」の一員なのであり、そこから抜け出ようとすると、かなりややこしいことになるらしい。

芸能界でも、疑似家族的な関係がしばしば見られます。ドラマで共演した年配の女優について、若い女優が、

「お母さんって呼んでるんです。母の日には、プレゼントを贈りました」などと言っていたり。「お母さん」の女優が亡くなったりすると、「母のように慕っていた」後輩の女優達が、母を亡くした娘のように泣いていたり。

暴力団の世界であっても、芸能界であっても、そこは「職場」です。職場とはそもそも、家族とは無関係な、公私に分けるならば公的な場所。にもかかわらず、職場でも家族的な関係をつくりたくなる人達は、少なからず存在します。

暴力団や芸能界のように特殊な職場のみならず、一般的な職場でも、疑似家族的な雰囲気が形成されることはままあります。私が会社に入った時も、一つの部署というのは一つの家族のようなものなのだなぁ、と思ったものでした。部長がお父さん役で、事務方の女性はお母さん。部員達は、年かさの人から長男、次男……という感じで、そこに新入社員として入った私は末娘っていう感じかしらね、と。

実際に私は、自分が配属された部署の部長のことを、父親のように慕っていました。父親が娘に甘いのと同様に、部長も女の新入社員の私のことを相当、大目に見てくれた。そんな父の甘さを私は娘のように敏感に察知した結果、順調に駄目娘、すなわち駄目社員として育っていった……。

部署とか会社に家族感を覚えるというのは、昭和的な感覚です。昔は、鉱山などでも「一山一家《いちざんいっか》」と言われていたりと、〝家族的経営〟がなされる職場がそここに。「家族なんだからちょっと無茶させたっていいよね」といった感覚も、そこにはあったのではないか。

平成になって、若者達が個人として仕事をする気風が強くなると、職場における家族感は薄くなりました。が、また今は揺り戻し現象がやってきて、社員旅行とか社員運動会といった家族的なイベントが人気になっているとのこと。

今でもきっと、「会社親」「会社娘」「会社息子」の関係は、あちこちで結ばれているのでしょう。もちろん、「会社妻」「会社夫」といった関係もあるわけで、その家族的な親密さが仕事の面においてのみ発揮されるのならいいものの、一歩踏み出して会社外に持ち越されたりすると、ややこしいことになる。

私の場合はといえば、二十代後半になる前、「いつまでも末娘ヅラはできない」ということに気づいて、会社を辞去。しかし会社父のことは、その後も父のように慕っていたものでした。

おそらく私は、実の父に対して何でも話したり甘えたりできなかったからこそ、会社父を慕ったのだと思います。ファザコンと言われる人には二種類いて、子供の頃から父親と大の仲良しだったからこそ父親的存在が好きというタイプと、父親がいない、もしくはいても存在感が薄かったり疎遠だったりしたせいで父親的存在を求め続けるタイプがいるものですが、私は後者だったのではないか。

会社父はあくまで他人でしたので、実の父には決して話せないようなことも、打ちあけることができました。また遊び上手な会社父は、実の父が連れていってくれないような、銀座など夜の世界にも連れていってくれたものでしたっけ。

職場における疑似家族関係が形成される背景には、このような事情があるのではないでしょうか。実の家族では満たされない空白部分を、家の外の疑似家族で満たしたいという欲求を、私達は多かれ少なかれ、持っている。

それは、職場においてのみ求められるものではありません。バーやスナックといった酒場においても、そこで待っているのは、「ママ」。酒場のママは、既に自分の母親に甘える年ではなくなった男達の精神を時に抱擁し、時に鼓舞し、金銭の対価として甘えさせてくれる存在です。小料理屋の女将《おかみ》などがしばしば「お母さん」などと呼ばれるのも、似たような理由からでしょう。

ママを求めるのは、男性ばかりではありません。人生に迷える娘達は、「新宿の母」をはじめとした、「地名＋母」の名で呼ばれる占い師さん達のところで悩みを打ち明け、やはり対価を支払って、人生の指針を示してもらうのです。

　お金を支払って疑似家族関係を形成するくらいならば、実の家族を大切にすればいいではないか、という話もありましょう。しかし、実の家族ではなく、疑似家族でなければならない理由も、あるのだと思います。

　実の家族は一生、縁を切ることができない関係です。実の家族であるが故に歯に衣着せぬ物言いをして、関係が悪化することも。

　対して疑似家族は、あくまで「疑似」。どれほど仲良しでも他人なので、家族のドロドロとした部分は排除して、上辺のさらっとした家族っぽさだけを味わうことができる関係です。酒場の「ママ」や占い師の「母」は、母親のように話を聞いてくれるけれど、実の母親のように彼女達の介護をする必要は生じない。また彼女達は、母親のように少し厳しいことを言う時もあるけれど、実の母親のように人間性を否定するようなことは、言わない。人々がお金を支払ってママや母のところに通うのも、無理けないところでしょう。

　擬似ママや擬似母は人気だけれど、「酒場のパパ」「新宿の父」といった言葉は、あまり聞きません。疑似家族業界において「父親」という立場は、母親ほどには需要が無いようです。

人を無条件で甘えさせてくれたり、おふくろの味を作ってくれる存在である母親は、いつでも皆の人気者。女性達も、たとえ実の息子や娘でない人達からであっても、

「ママ」

「お母さん」

などと呼ばれると、張り切る傾向にあります。異性から「女」としては求められない年頃になっても、「母親」として求められ続けることによって、女性達は生きる道を見つけていくのでしょう。

母親が子供を抱擁し、甘えさせてくれる存在だとしたら、従来型の父親というのは、子供に対して厳しく当たる役割を持っていました。が、その手の厳父的な人は、子供が成長して社会に出たならば、仕事の世界にいくらでもいます。お金を払ってまで「パパ」や「おやじ」に怒られたくないのです。

昭和時代、実の父親ではない人を「パパ」と呼ぶ女性がいたとしたら、それは若い愛人でした。

「パパ〜ん」

と呼ぶ愛人を別宅に囲う、という行為はまさに家の外での疑似家族活動なので

すが、酒場の「ママ」はママ業によってお金を儲けているのに対して、パパは愛人にお金を支払う立場。「パパ」でお金を稼ぐことは、難しかったようです。

人が大人になって、絶対的に頼ることができる人や自分を庇護《ひご》してくれる人がいなくなると、寂しい気持ちになるものです。それはミッドライフ・クライシスの原因の一つなのかもしれませんが、しかし多くの人はその頃には子供を持っているのであり、子育てに夢中になることによって、寂しさを忘れることになっている。

対して私のような子ナシの者にしばしば見られるのは、疑似子供を持つという手段です。犬や猫を飼う以外にも、甥や姪、友人の子供を我が子のように可愛がるというケースもある。

周囲の子ナシ族を見ていても、実の親ばりに甥・姪育てに精を出している叔母や伯母がいるものです。私にも姪がいて、それなりに可愛がってはいるのですが、愛情深い人達に比べると、いかにも可愛がり方が雑だし、ましてや育ててなどいない。

愛情深い子ナシ族は、甥・姪を可愛がっているうちに、本当に母親のような気持ちになって叱ったり、親の子育てに口を挟んだりすることがあります。が、その手の行為は、実の親からは評判が悪いのでした。「おば」の子育て介入に対して、面と向かって文句を言うことはできないけれど陰で眉をひそめる親達を見ていると、疑似子供に対する愛情の発露の仕方の難しさを感じます。

商売上の「ママ」と客といった関係と違い、おばさんと甥・姪というのは、なまじ血がつながっているだけに、つい真剣になってしまうもの。しかし子ナシ族のおばさんが甥・姪に対して抱く親近感ほど、向こうは「近さ」を感じてはいません。疑似子供として甥・姪に愛情を注ぐ時は、その愛情が重くならないよう、気をつけなくてはならないと思うのでした。

ベストセラーとなった『君たちはどう生きるか』では、悩めるコペル君と叔父さんがやりとりをしているのですが、それは叔父と甥の関係だから「イイ」、とされています。それが実の親であったら、上から下に物を言う関係になってしまうけれど、叔父と甥であるから斜めの関係で丁度良いのだ、と池上彰《いけがみあきら》さんもテレビでおっしゃっていました。

甥・姪を疑似子供として扱いたい気持ちは、よくわかりますが、我々は半分他人として、彼等のことを見なくてはならないのでしょう。肉親としての愛情を持つ一方で、他人としての冷静さをも持っていないと、おばさんやおじさんの愛情は重くなるのです。

子ナシ族の疑似子供としてはもう一つ、プラン・インターナショナル・ジャパンなどの団体を通じて、海外の恵まれない子供の支援をするという手法もあります。私も、「少子化に加担してすみません」という気持ちからその手の支援をしているのですが、この手の行為の場合は、いくら頑張っても「重いおばさん」にならずに済むのが良いところなのでした。

そして五十代というと、そろそろ孫持ちになる人もあらわれるお年頃です。周囲の友人達に孫が生まれて、可愛い赤ちゃんの写真を見せられたりしたら、

「いいなぁ、孫……」

という気分にもなることは自明。

最近の祖母達は孫育て要員としての活躍を子供から期待されていますから、友人達が孫育てに駆り出されるようになったら、私も疑似孫をどこかに見つけようとするのかもしれません。今も、若い友人に赤ちゃんが生まれると、

「初孫気分だわ」

などと、抱っこさせてもらったりする私。子ナシ・孫ナシ族のために、猫カフェならぬ赤ちゃんカフェがあってもいいのにね、と思うのです。そこはワンオペ

育児に悩む親御さん達が集う場でもあり、子ナシ・孫ナシ族、はたまた、そうでなくとも赤ちゃんが身近にいない人達が赤ちゃんを抱っこさせてもらっている間に、親御さん達は一休みする。……って、どうですかね。

レンタル家族という商売が、実際にあるのだそうです。結婚式の時など、ワンポイントリリーフの形で、家族役を借りるのだそう。また「おっさんレンタル」というシステムも話題になり、今は「パパ」でもお金を儲けることができるようにもなっている模様。

人がほとんど結婚していた時代は、家族は「いて当たり前」の存在でした。しかし結婚難の時代が続くと、家族は贅沢品に。同時に家族は、ただいればいいというものでも、なくなっています。昔のように、父親が強権を振りかざして妻子を殴ったり、母親が子供に密着しすぎたりしたら、途端に「DV」「毒親」などと言われてしまいますから、家族の質も問われるようになりました。

家族が、いない。家族に、不満がある。そんな人は、外の世界に家族的な存在を求めます。職場で。酒場で。ネットで。妄想で。……と、様々な場所で疑似家族の切れ端を集めてパッチワークのように縫い合わせ、私達は家族気分を充足させているのです。

しかしそんな面倒臭いことをしなくても家族気分を味わうことができるシステムを人類は大昔から作っていたのであって、それがキリスト教です。有名な「主の祈り」は、

「天にましますわれらの父よ……」

と始まりますが、キリスト教の神様こそ、皆のお父さん役。レンタルなどしなくとも、理想の父は天にいらっしゃるのです。

キリスト教における「ママ」役は、もちろんマリア様。マリア様はキリストのお母さんですが、処女のまま懐胎したということで、聖女でもある（出産後の性行為の有無についてはよく知りませんが）。酒場のママにお金をしぼり取られながら話を聞いてもらわなくとも、いつ何時でも、人々の話を無料で受け止めてくださるのが、マリア様なのです。

人間は大昔から、本当の親が生きていても、別のパパやママを必要とする生き物だったのでしょう。そうでなければ、キリスト教のような宗教は生まれなかったのではないか。

ちなみに私が会社父として慕っていた人は、私の実の父が他界した後、しばらくしてから亡くなりました。実の父と会社父を失い、気がつけば父親的な年齢の

男性達は、こちらを庇護してくれる相手ではなく、こちらが庇護するべき対象になっていました。

お寿司屋さんで自分でお金を払う度に、

「ああ、昔はお寿司って、お父さんもしくはお父さん的な人が当然、支払ってくれる食べ物だったなぁ」

と、少し寂しくなる私。しかし、だからといって天の父なる神様を信じる気持ちに全くならないのは、神様は寿司を奢ってくれないからではなく、私がもう十分に大人だからなのだと思います。

17　事実婚ってなあに？

婚姻関係を結んでいない同居人と映画を見る時は、しばしば「夫婦50割引」という制度を利用しています。夫婦どちらかが五十歳を過ぎていれば、二人ともチケットが一一〇〇円になるこの制度。普通にチケットを買ったならば一人一八〇〇円（当時）ですから、利用しない手はあるまい。

我々は法律的に言ったら「夫婦」ではないので、本当はこの制度を利用してはいけないのかもしれません。

しかし映画館において、

「あなた達、本当の夫婦なんですか？　婚姻関係を証明するもの、あります？」

などとは訊かれません。おそらくは、五十代のおじさんと二十代の愛人風の女性のカップルであっても、

「本当の夫婦なんですか？　不倫関係じゃありませんよね？」

とは、訊かれないと思う。

実は私、実験心が湧いて、五十代の女友達と映画を見る時に、夫婦50割引のチケットを使用してみたことがあるのです。が、その時も何も言われませんでした。LGBTに対する意識が浸透している昨今、夫婦の性別とか、婚姻関係の有無といったことは、あまりうるさく言わないようにしているのかもなぁ、と思ったことでした（映画館の方、単なる友達同士なのに割引してもらってすみません）。

同居はしているが婚姻関係を結んでいないという我々のようなカップルを、事実婚の関係と言うようです。昔は、その手の関係は「内縁」と言われており、どこか湿っぽいイメージがありました。ちゃんとした人は、ちゃんと結婚するもの。「内縁」は、何か後ろ暗いところがある人たちが結ぶ関係である、と。

その頃は、たとえば女性が殺されたといったニュースにおいて、

「内縁の夫が殺人容疑で逮捕されました」

といった言われ方をしていました。内縁の夫は、いかにも内縁の妻を殺しそう。……と、そんなところからも陰湿なムードが漂ったわけです。

もしも今、婚姻関係を結ばずに同居している男女の間で殺人事件が発生しても、ニュースで「内縁」という言葉は使用されず、「同居している男性」などと言う

はずです。いつの間にか「内縁」は、「使用しない方がいい言葉」的な扱われ方になったのではないか。

「内縁」の「内」とは、どうやら「内密」の「内」。その「秘密にしなくてはならない関係」といった意味合いが、「内縁」という言葉に湿り気をもたらしていたのでしょう。

しかし今、その手の関係性は、ずいぶんとカラッとしたものになってきました。事実婚状態であることを「内密」にはしない人が、増えてきたのです。結婚しているカップル以外は邪道、という考え方は過去のものになりつつあります。

たとえばジェーン・スーさんは、「内縁」という言葉が孕《はら》む昭和的な後ろ暗さを逆手に取って、ご自身の同居人男性のことを「内縁おじさん」と呼んでおられます。この言い方が好きで、たまに拝借している私。

「うちのパートナーが」

などと言うと口はばったい感じがしますが、「内縁おじさん」は「（笑）」のムードと共に、明るく口に出すことができるのです。

統計をとったわけではありませんが、同世代の人達を見ると、法律的には独身だけれど、パートナー的なお相手が存在するというケースが、珍しくありません。

純粋一人暮らしでも純粋独身でもない独身者は、かなりいるのです。

何をもって事実婚と言うかは、曖昧です。結婚式も挙げて、互いの実家にも行き来があり、しかし日本の結婚制度に対して異議があるということで、籍だけは入れていない人達。何となく一緒に暮らし始め、気がついたら夫婦同然と化している人達。誰にも同居していることを言わず、まさに「内縁」的に、こっそりと同居している人達。……と、タイプは様々でしょうが、比較的多いのは、二番目の「何となく一緒に暮らし始め、気がついたら夫婦同然と化していた」というカップルではないか。

我が家もそのタイプであり、なし崩し的に周囲にも知られるところとなっている、という感じ。「同棲カップル」と言ってもいいのでしょうが、「同棲」とは若者向けの言葉のような気もして、この年になると使用が憚《はばか》られる。中年同士のカップルからは既に性のムードも漂わないため、「同棲」などという生々しいものでなく、せいぜい「同居」という感じです。

しかしその「周囲」の中でもちゃんとした結婚をしているちゃんとした人達から見ると、我々が「何となく」同居しているという部分にすっきりしないものを感じる人もいるようです。法律婚をした人達というのは、それなりの覚悟をもって結婚したという自負がありますから、何となく同居してヘラヘラ暮らしているカップル——それもいい大人——を見ると、釈然としないのでしょう。

そんな人達に訊かれがちなのは、

「なんで結婚しないの？」

ということです。私も、なんでしないのかなぁ、と考えてみるのですが、理由として大きいのは「面倒臭いから」「特に不自由を感じないから」というもの。

事実婚関係にあるカップルにおいて、女性側が無職だったり、極端に経済力が無いというケースは、ほぼありません。専業主婦になりたい女性は、最初からそれなりの手法を取って希望の座に収まっているわけで、事実婚コースをたどっている女性の多くは、割と仕事が好きな女性。だからこそ若い頃はなかなか結婚に至らなかったのだけれど、ある程度落ち着いた年になってから、「まぁ一人も寂しいしいしな」と、交際相手と何となく同居し、そのままに。……という感じ。

それは「私は、結婚しているまっとうな人間です」という「名」よりも、「誰かとラクに同居する」という「実」を取った生活と言うことができましょう。今さら結婚するというのも、なにかと大変。しかしお相手はいた方がいい、ということでの事実婚生活です。

日本人が結婚をする意味を突き詰めると、「子供のため」という部分が大きいのだと思います。今の制度では、事実婚のカップルに子供が生まれると、それは非嫡出子扱い。父親が子供を認知しないと、親子関係は発生しません。「まっとうな親子」として世に認められるには、結婚しなくてはならないのです。

だからこそ、事実婚カップルは中年以上が多いのでした。これから子供を産みたい！　と切実に願う若い女性であれば、たとえ誰かと何となく同居生活に入っても、法律婚に持ち込むべく、頑張るもの。そうこうしているうちに妊娠したならば、「では」ということで、できちゃった結婚（昨今はこの言葉も避けようと、「おめでた婚」とか「さずかり婚」という言葉もありますね）をするのです。

子供が欲しいという理由だけでなく、結婚に対する憧れも、若い人は持っています。「ウェディングドレスを着たい」といったシンプルな動機から、結婚をする人もいる。三十代にもなれば、「私も結婚できるのだ、ということを周囲に証明するために、結婚したい」といった複雑な動機を持つ人も。

対して中年は、結婚に対する熱い夢を、既に失っています。年齢的にも、「もう子供っていうセンは無い」と思っている。そうなると、「別に法律婚をする必要は無いのでは？」という気持ちになるのでした。

また、どちらかもしくは互いに離婚歴があったりして、「籍を入れるのはもうこりごり」というケースもあります。前の結婚で子供がいれば、なおさら色々と面倒なわけで、お金の問題も絡んできそうになると、籍など入れない方がよい。

家と家との付き合いは今さらしたくない、という感覚もあります。中年となってから法律婚をし、いいおばさんなのに「嫁」として相手の家族の前にひょっこり登場するのも大変ですし、下手をすると財産目当てと疑われる場合も。もちろん、「婿」にしても同様です。

中年は介護世代であるということも、法律婚を躊躇させる要因の一つでしょう。相手の親が弱ってきたり亡くなったりした時、法律婚カップルであれば、配偶者が「私は無関係です」と知らん顔をするわけにはいきません。対して、互いに助け合うけれど、相手の生育家族のことについては、口も手もお金も出さなくともいいのが、事実婚カップル。実家のことは自分でするという関係性は、心地の良いものです。

我が家においても、事実婚関係になってから互いの親が他界したりしましたが、相手方の親の介護を手伝うとか、相手方の親が危篤になった時に駆けつけるとか、その手の行為は無し。直接的な手助けはせずとも、相手を慰撫することはできるわけで、そういった時は、「一人じゃなくてよかった」と、思ったものです。

中年になると、親の方も結婚を望まなくなっていたりします。若い頃は、

「誰かいないの？」

などとせっついていた親も、子供が中年になってくると、「今さら下手な相手と結婚されるよりも、このままでいて私の老後の面倒を見てもらった方が……」

という考えになってくるもの。事実婚状態にある友人も、

「お願いだからその人と籍だけは入れないでね、ってママから言われたのよ。パパに先立たれたから、私に結婚されたら寂しいって。ま、その気持ちもわかるわね。私もそんなつもりは無いし」

と、言っていましたっけ。

このように、中年にとって事実婚という状態は、なかなか心地の良いものなのでした。私も、結婚している友人から、

「いいなぁ」

と言われることが、ままあります。

「相手はいるけど、『嫁』はしなくていいって、最高じゃない？」

などと。

確かにこの状態は、ラクなのです。法律婚をしている夫婦であれば、互いに「夫なのだから、これくらいするのが当たり前」とか、「妻たるもの、こうあるべき」といった期待がかかり、それを裏切られることによって仲が険悪化することがしばしば。子供がいれば、なおさらでしょう。

対して事実婚カップルにおいては、夫でもなければ妻でもないので、相手に対する「これをしてくれて当然」と思う気持ちが薄い。せいぜい、一緒にご飯を食べたりテレビを見たり、「今日、こんな変な人を見た」といった話を報告する相手として存在してくれるのが心地良く、それ以上のことがあれば御の字、という考え方です。

経済的にも互いにもたれかかってはいないので、たとえば相手が突然会社を辞めて、

「俺、起業する」

などと言い出しても、自由にやってくれと思うばかりです。専業主婦ならば、

「どうして私に一言相談してくれないのっ⁉」

と、怒り狂うところでしょう。

「期待」は幸福の最大の敵、と私は思っているのですが、事実婚カップルを見て

いると、相手に期待していない分、仲の良いケースが多いのでした。「妻」「夫」の肩書きが無いと、

「妻なのだから、正月に僕の実家に一緒に行くのは当然だろう」

とか、

「夫なのだから、私を養うべきでしょう」

といった思いで、カリカリしなくてもいいのです。

とはいえもちろん、そこにはリスクもあるのでした。「夫」「妻」でないことによって、世間様からは「ちゃんとしていない人」「ちゃんとしていないつがい」と見られる。また病気や死に際して、法的な配偶者でないと、なにかとやっかい。そういえば以前、事実婚生活における同居人が重い病気になり、手術や入退院の手続きなどが煩雑な上に、「同居人」の看病で会社を休むわけにもいかないということで、入籍した人もいましたっけ。

しかし手術の同意書などは、法的な配偶者でなくともサインは可能な模様です。この先、法的な家族を持たない状態で病んだり死んだりする人は激増していくでしょうから、その手のことはスムーズになっていくような気もする。いずれにしても、「このままずっと、『何となく』同居生活を続けていったら、どうなるのだ

ろうか」という実験気分で、私はこの先も、この生活を続けていくのだと思うのです。

フランスのＰＡＣＳ（民事連帯契約）など、同性・異性に限らず共同生活を送る人が夫婦と同様の権利を得られるような制度が、ヨーロッパ諸国には存在しています。そういった国々では、婚姻関係に無い男女から生まれた子供が過半数を占めていたりもする。

今の日本では、よほど根性がある人でない限りは、法律婚をせずに子供を産み育てることがしにくい状態です。それが少子化の原因の一つともなっているわけで、日本にもＰＡＣＳ的な制度があればいいのに、と私は思う者。

その手の制度があれば、事実婚という状態を楽しむことができるのは、中年以上だけに限定されないはずです。若者もお試し感覚で誰かと一緒に暮らし、妊娠したならば「堕《お》ろすか、デキ婚か」という深刻な二択ではなく、「ま、このまま産み育ててみますかね」という感覚になるのではないか。

しかし日本において、そういった制度ができるのは、まだ先なのでしょう。選択的夫婦別姓すら、「家族の一体感や絆が失われる」ということで認められていない日本ですから、国が目指す家族像の解体がますます進みそうな事実婚推進制度など、夢のまた夢、なのかも。

世の夫婦はしばしば、同じ苗字だけでつながる日々の末に、互いの気持ちがバラバラとなった生活を送っているのでした。日本の夫婦は、苗字が同じになった瞬間から、一体感を深める努力を放棄する傾向があります。苗字は一緒でも家庭内では別居という夫婦と、苗字はバラバラだけれど仲が良いという事実婚カップルを比べると、前者の方がより国益にかなう、という判断を国はしているのでしょう。

法律婚をしている人たちだけが本当の家族、としたい国が日本であるわけですが、わずかながら我々には援軍もいるようです。二〇一一年とだいぶ前の刊行ですが、故渡辺淳一さんが『事実婚　新しい愛の形』という本を出されていて「おっ」と思ったことがありました。渡辺先生は生前、法律婚をされていた方ですが、とはいえ様々な男女関係を見ていく中で、「本当の意味での心と心の実質婚」が大切なのではないかと思われたらしい。

もしかすると渡辺先生も、長い法律婚生活の中で、その縛りのきつさに辟易したことがあったのかも。他ならぬ渡辺先生がこのような本をお書きになったというところからも、事実婚の滋味が感じられるというものでしょう。

形骸化してしまった法律婚生活に嫌気がさしながらも、「子供が」「お金が」「外聞が」ということで、法律婚の枠から出られない人も多い、日本。そんな日本だからこそ、たとえＰＡＣＳのような制度は無くとも、法律婚の枠にはまることを避けて事実婚を選ぶ人は、これからも増えていくはずです。法律婚という高すぎるハードルの前で立ちすくんで何もしないよりも、「いいな」と思った人と気軽に添うてみた方が、本当の意味でお国のためになるような気がするのでした。

18　新しい家族

かつては皆がするもの・できるものだった、結婚。しかし、そこにたどり着くまでが意外と難儀である上に、結婚の枠の中に居続けることがあまりにも大変で覚悟が必要ということで、その前で立ちすくむ人達が増えてきました。

恋愛結婚がほとんどの時代においては、異性との恋愛能力を持つ人でないと、結婚したくてもできないという事情も、そこにはあります。恋愛に奥手であっても、親や親戚がどこかから適当な相手を見つけてきてくれた時代は、「国民皆婚」状態を保つことができました。しかし「押しつけられた相手は嫌。結婚相手は自分で選びたい」という声が強まり恋愛結婚が主流となると、結婚できるもできないも自己責任、ということに。親や親戚、近所の世話好きおばちゃんからの救済の手が差し伸べられなくなったことも、独身者増加の一つの要因です。

とはいえ周囲を見回せば、「だいたいの人は、結婚している」という感覚を持つ人が多いのではないでしょうか。多数派は、やはり法律婚をしている人達。私達は、半分以上の人がしていることを「みんながしている」と思いがちで、「みんながしている」ことは「簡単なことだから、みんなできる」とも思いがちです。しかし今までの人生で私が理解したのは、「みんながしている」ことはたいてい、全く簡単ではないということ。

たとえば受験や就職、運転免許の取得といった行為。「みんながしているから、容易《たやす》いのだろう」と思って軽い気持ちで取り組んでみたら、とんでもない目に遭ったことが、あなたには無いか。「みんながしていること」は、一種の通過儀礼的な役割を果たしているせいもあってか、ただならぬ努力と根性を発揮しないと達成できないのです。

結婚もまた、そんな行為の一つです。「みんながしているから私にもできるだろう」という考えは甘いわけで、結婚に対して仕事と同等もしくはそれ以上の力を傾注しないと、目的は達成できない。のんびりしていたら、あっという間に「生涯未婚率」を押し上げる仲間入りをすることになります。

生涯未婚率とは、五十歳の時点で一度も結婚経験が無い人の割合です。二〇一五年の国勢調査で、男性が約二三パーセント、女性が約一四パーセントなのですが、いわゆる事実婚をしている人も、この数字には含まれます。平成になった頃は、男女共に五パーセント前後であったことを考えると、その割合が急上昇していることが理解できましょう。

経済的な理由や恋愛の得手不得手など、生涯未婚率上昇の背景には、様々な理由があります。その数字は、今後さらに上昇すると考えられており、結婚が「誰もがするもの・できるもの」という感覚は、過去のものとなりました。

だとしたら、やはり結婚、と言うよりはつがい作りに新規参入がしやすいように、規制緩和をする必要があるのではないかと、私は思うのです。前章で記したように、事実婚カップルにも法律婚と同様の権利を与えるというのも、その一つでしょう。

昨今は、つがいを作るのは男と女には限らないことも、よく知られるようになってきました。LGBTという言葉は、ここ数年でにわかに人口に膾炙《かいしゃ》することとなりましたが、生まれた時の性と性自認が一致していて、かつ異性を好きになる人ばかりではないことが、明らかになってきたのです。

たとえば勝間和代《かつまかずよ》さんが同性との交際を明らかにしたことがありましたが、そのニュースを見た知人女性・Aさんは、

「自分も、そういうのもアリかなって思う」

と言っていました。彼女は今まで異性としか付き合ったことがありませんが、

「でも、考えてみたら同性ともいけるかもしれない、って思うの」

とのこと。女子校に通っていると、女同士での恋愛感情のようなものが芽生えがちですが、彼女の中には今でもその手の感覚があって、パートナーは必ずしも男でなくてもよい、とのことなのです。

「男の人とのことは大体わかったし、これから新たなフィールドで生きるのも楽しそうな気がする」

ということなのでした。

別の知人女性・Bさんは、勝間さんのニュースに関して、

「老後は、女性と暮らすのもいいかなって思いました」

と言っていました。彼女もまた異性愛者ですが、Aさんとは違って、同性に恋愛感情を抱く可能性は自分には無いと思っています。

そんなBさんの「同性と暮らすのもあり」という考えを聞いて、私は目から鱗が落ちたような気がしました。そういう考え方もあるのか、と。

私は、そもそもは夫婦＝法律婚をした男女、と思っていたクラシックな人間で

す。が、自分がその制度についていけなかったことによって、「すべてのつがいが法律婚をしていなくてもいいんじゃないの」と思い、さらにはＬＧＢＴについて知ることによって「つがいは異性同士とも限らないわけね」と思うに至ったわけですが、それでも「性行為をした者同士が、つがいとなる」という感覚は、頑なに持っていたのでした。

セックスレスとなってはや何十年、というカップルは、日本にたくさんいます。というより、日本において結婚歴、交際歴の長いカップルで、ずっとセックスをし続けているケースは少数派でしょう。

しかしセックスレスのつがいであっても、「かつてセックスをしていた時期がある」という事実が、二人が共に暮らす基盤なのだと私は思っていました。異性カップルであれ同性カップルであれ、過去に性的に惹かれ合った者同士がつがいを作り、共に暮らすのだ、と。

今となっては、それも狭いものの見方となってきたようです。異性同士であれ、同性同士であれ、相手と性的な関係を持ったことがなくとも、共に暮らす相手として惹かれることもある。そんな二人が法律婚をするかもしれないし、事実婚を選ぶかもしれないけれど、とにかくそんな二人もまた、家族なのではないか。

クラシックな考え方で言うならば、子供をつくって次の世代へとつなげていくための団体が、家族でした。だからこそ、つがいに性的な結びつきは必須だった。しかし性欲の多寡、はたまた性的指向が人によって様々で、単純にマッチングができなくなってきた時代、性と生活は切り離されて考えられるようになってきたのではないでしょうか。

私達は既に、その実例を知っています。たとえば中村うさぎさんの夫は、同性愛者。以前、対談でお目にかかった時、

「酒井さんもゲイの男性と結婚すればいいのに。いいわよー」

と、おっしゃっていましたっけ。

その時はまだ、「そ、そうかな」とピンと来ていなかった私ですが、今となっては「なるほど」と思います。性的欲求の処理は、互いに家庭の外で行う。しかし生活においては、暮らしの感覚が合う相手と助け合っていく。……ということで、性と生活の分離を、中村さんはとても早い時期から取り入れていらしたのです。

話題になった、こだまさんの私小説『夫のちんぽが入らない』に描かれたのも、性と生活を分離させている夫婦です。それは、恋愛して法律婚をした夫婦なのだ

けれど、どうしても夫の性器を妻に挿入することができないというカップル。夫は風俗に通っていることを妻は知っているし、妻もまた、なぜか夫以外の男性とは「できる」ため、婚外セックスをしています。しかしセックスは存在していなくても、夫婦の間には強い精神的な紐帯《ちゆうたい》が結ばれているのです。

誰かと共に生活するということは、生きることの生々しさを共有するということでもあります。洗う前のパンツも、寝起きの無防備な顔も、トイレの匂いも、相手から隠し切ることはできない。だからこそ、裸を晒し合った相手、つまりはセックスのパートナーと共に暮らすことは、理にかなっています。

しかし「セックスは特にしたくないけれど、生活は共にしてもいい」という相手がいても、おかしくはない。性的に惹かれ合って結婚してみたけれど、性的に飽きてしまったら、生活の相手としては全く相性が良くなくて離婚した、という夫婦はたくさんいます。だとしたら、性的には惹かれなくとも生活の相性はぴったり、というカップルも、たくさんいるのではないか。

そういえば高校時代、仲良しの友人と、

「大人になったら、一緒に暮らさない？」

などと夢を語り合ったことがありました。洒落たマンションで一緒に料理を作ったり、時には互いのボーイフレンドを呼んだりしたら楽しいじゃないの、と。

性的に成熟してみると、男女交際に夢中になって、そのような夢想はすっかり忘れてしまったのですが、周囲を見てみると、その手の夢を実現させている人が存在します。仲良しの女同士で一緒にお洒落な生活をしている二人は共に異性愛者で、性的な関係は無い。けれどあまりにも相性がぴったりなので、ずっとその生活を続けていきたいと思っているのです。

「カップルにはセックスが介在して当然」という頭があった私は、彼女達を見た時も「なるほどね」と思ったものでした。カップルにおいてセックスって、必須のものでは無いのかも、と。

特に中高年になれば、その傾向は強まりましょう。性的な冒険は、今までの人生で色々としてきた。だからもう、共に暮らす相手に性的なことは求めない、という感覚でパートナーを探す人はいる。そこに恋愛感情が介在するか否かはそれぞれのカップルで異なるとは思いますが、

「この人と、セックスできるか」

という感覚でなく、

「この人と、日々食事を共にできるか」

という部分から相手を見ることによって、つがい作りのハードルは少し下がるのかもしれません。

私達が高齢者になった頃には、もっと色々な家族形態が見られるようになっていることと思います。従来型の、法律婚夫婦に血のつながった子供、という家族が絶滅するということは、もちろん無いでしょう。「子孫を残す」という昔ながらの家族の命題を果たそうとするならば、法律婚をした男女がセックスをして子供をつくる、というコースがスタンダードであり続けるとは思うのです。

しかしそのコースから外れたり、あえて避けたりする人達は、もっと自由に家族をつくっていくはずです。男女、もしくは同性同士でつがいを作り、そこにはセックスが介在したりしなかったりする。子供もまた、カップルの間にできた子であったり、どちらかの連れ子であったり、また養子をもらうケースもあるでしょう。

セックスの関係が一切無い異性愛者同士のカップルも、珍しくなくなるはずです。たとえば互いに配偶者と死に別れ、もうセックスはする気はないのだけれど、誰かと暮らしたい。とはいえ同性よりは異性の方が何となく居心地は良い気がして、若い頃から友達以上ではあったが恋人にはなったことがない相手と暮らしてみる、とか。

中高年のみならず、若い人達にもその動きは広がるかもしれません。若い人達の間では、「面倒臭い」と恋愛離れが進んだり、「生々しくて嫌」と、セックス離れが進んだりしていると言います。ルームメイトとも偽装結婚夫婦とも一味違う、確固たるパートナーシップはありつつもセックスはしないというカップルが出てくるのではないか。

セックスが介在しない家族が増えることを、保守的な政治家は喜ばないことでしょう。セックスしない二人からは子供が生まれないわけで、そのような家族がどれほど増えようと、国力増強には寄与しないのだから。

しかし今後は、子供の作り方も変わってくるのだと思います。夫婦間セックスによる子作りも行われる一方で、セックスの介在しないカップルにおいても、「セックスはしたくないけれど、相手との間に子供は欲しい」という感覚は生まれる可能性はある。村田沙耶香《むらたさやか》さんの小説『消滅世界』のように、セックス抜きでの子供作りの手法が、盛んになっていくのかもしれません。

保守系政治家は、選択的夫婦別姓でさえ、家族の一体感がなくなるということで反対していますが、しかし「家族である」という意識や一体感は、外部から与えられるものではありません。従来は、国から「あなた達はちゃんとした家族です」と認められた人だけが家族として生きることができましたが、これからは、自分達が「家族だ」と思えば、どのような形態であっても家族になっていくのではないでしょうか。

否、なんなら我々は、それを「家族」と呼んでもらわなくとも、構わないのです。相手が異性であろうと同性であろうと、法律婚をしていようといまいと、セックスをしていようといまいと、「いいかも」と思った相手と、暮らしていく。ただそれだけのことなのであって、その形態が「家族」のような立派なものでなくても、別にいい。

特別なパートナーシップを結ぶのは、二人の間とも限らないのかもしれません。三人、四人が、セックスをしたりしなかったりで暮らしていく、という可能性もあろう。身近にも、レズビアンカップルにホモセクシャル男性が精子を提供して子供が生まれたという例がありますが、同居はしなくとも、三人で連携を取りつつ子供を育てていこうとしているようです。

「家族」像に定型を求めなかった人達は、昔から存在していました。たとえば岡本かの子は、夫である岡本一平《いっぺい》、息子の太郎のみならず、自分の愛人である若い

学生と共に暮らしていた時期があります。かの子に愛人ができた時、一平が、
「そんなに好きなら、うちに連れてくればいいじゃないか」
と言って同居が始まったのであり、愛人が二階に住み、夫が一階に住む家で、かの子は上へ下へと行き来していたのだそう。

やがてその生活は破綻しますが、かの子はまた、医師の愛人を作ります。そしてまた、一平と愛人との同居生活が始まるのです。

かの子と夫の間には既にセックスの関係が無かったせいか、この時の同居生活は、うまくいったようです。夫も愛人も一緒に、ヨーロッパに行ったりもしているのでした。

ヨーロッパから帰ると、かの子は時代の寵児《ちょうじ》となり、仏教研究や小説の分野で活躍しました。しかしその志も半ばにして、四十九歳で亡くなってしまう……。

かの子死後、夫と愛人は東京中の薔薇を買い求め、二人で穴を掘り、かの子の亡骸《なきがら》が土に触れることのないように、薔薇で包んで葬ったのだそうです。もうこうなってくると、この三人が家族であろうとなかろうと、どうでもいいような気はしまいか。そこにあるのは、もはや家族愛などという小さなものでなく、人類愛とか信仰に近くなってきます。

家族は確かに素晴らしいものではありますが、それが唯一無二の幸せの形だとした時には、息苦しさが付きまとうのでした。人を結びつけるものは、生殖だけではありません。生殖無しのセックス、セックス無しの情、はたまた両方なくても金があればとか、金は無くても食の趣味が一致すればとか、様々な結びつき方が存在する。そんな様々な結びつき方によって一緒にいる人達を認め合うことで、日本はもう少し楽な国になるのではないかなぁと、私は思っているのです。

おわりに

家族は「いて当たり前」ではありません。「いて当たり前」だった生育家族はやがて老い、そして死んでいく。新しい家族をつくるには、自分の力で結婚・出産・子育てをしなくてはならないのであり、そのどれもが、何となく生きていてては不可能なことなのですから。

自分の親も、家族を持ち、そしてキープするために、色々と苦労をしたのでしょう。ほころびも目立ったけれど、ギリギリのところで分裂はしなかった、我が家族。今その家族が自然消滅しつつある状況を、親達は泉下でどう見ていることか。

家族は、「いて当たり前」ではない。

……その事実を、人類は太古の昔から知っていたのだと思います。洋の東西を問わず、人々は宗教や法律等、様々な手段を駆使して「結婚して子をもうけない者は、人に非ず」的な感覚を、懸命に染み込ませ続けてきたのです。

我が国もその例に洩れないわけですが、私のように旧来の家族の枠から逸脱する者が増加してきたのは、家族を規定する縛りが、あまりに厳しかったからではないでしょうか。

戦前の、厳しい家父長制とか。戦中の「五人以上子供を産みましょう」運動とか。戦後の、働く夫＋専業主婦＋子供二人、という家族モデルとか。日本はいつも、国の状況に合致させるべく「おすすめの家族像」を用意していました。その枠内にいるためには、誰かが尋常でない我慢をしなくてはならなかったのだけれど、枠にはまってさえいれば、生きることはできたのです。

しかし今、「枠に縛られたくない」という人が続出しています。従来の枠は窮屈だし、枠の外でも生きていくことはできることを、既に私達は知っている。新しい枠を作る人もいれば、枠とは無縁で生き続ける人もいるのでした。

一方で、男女のつがいが法律的に結婚して子をつくる、といった従来型の家族像もまた、見直されています。今の若者は「若いうちに結婚したい」という願望を強く持っていますし、最近の家族の仲良しぶりは、我々の子供時代とは比べようもないほど。

家族についての感覚は今、二つに分かれつつあるのでしょう。従来型のキツい枠を嫌う人が逸脱すればするほど、枠の中にいる人達は、枠に守られている実感を強く持ち、その枠をしっかりと固めるようになってきたのではないか。

政治の世界では、革新的な力がいったん強まった後に、反発するようにして超保守的な勢力が力を持つケースが世界のあちこちで見られます。家族という場においても、似たような現象が起こっているのかもしれません。

今後、家族の保守化が進んで、枠から逸脱した人は特殊な存在となっていくのか。それとも家族の多様化が進み、法律婚をした男女のつがいも、多々ある家族のパターンの中の一つになっていくのか。日本がどちらに進むかはまだわかりませんが、後者の方が、多くの人にとってより生きやすい世なのではないかという気が、私はしています。

「親への感謝」を日常的に口にしている今の若者と違い、私は親が生きている間、ろくに感謝の弁を述べたことがありませんでした。しかしこうして改めて家族についいて考えてみれば、家族という安全な枠内で私を大きくしてくれたことは誠にありがたい。日々、仏壇に手を合わせる度にぶつぶつと「ありがとう」とか言っている自分、そしてその時、従来型家族をつくらなかったことに対するそこはかとない罪悪感を覚える自分に、日本人らしさを見る日々を送っております。

最後になりましたが、文庫版の刊行にあたっては、家族の危機感を装丁で表現して下さったtobufuneの小口翔平さん、加瀬梓さん、集英社の栗原清香さんに、大変お世話になりました。最後まで読んで下さった皆さまへと共に、御礼申し上げます。

酒井順子

解　説

樋口恵子

酒井順子さんに初めてお会いしたのは、かれこれ二十年近く前。『負け犬の遠《とお》吠《ぼ》え』が一世を風靡《ふうび》した頃です。本を読んだ私が酒井さんにいろいろ尋ねるという対談企画の場で、初対面の印象は「聡明《そうめい》で、とても感じのいい方」。当時三十代後半だったと思いますが、この年齢でこれだけ本を読む人がいるのかと、感心しました。

その後も次々と本を出されましたが、どの作品も視点が鋭く、なおかつ読みやすくて面白い。そこで二〇一六年、拙著『サザエさんからいじわるばあさんへ　女・子どもの生活史』が文庫化される際、解説をお願いしたのです。

その「解説」たるや、さすが！　お見事でした。今回、酒井さんから文庫版『家族終了』の解説を依頼され、あの時のお返しができればと思いましたが、はたして酒井さんにふさわしいものが書けるのか、いささか心配でした。

それでもお引き受けしたのは、つい最近、私自身が「墓じまい」を経験したからです。家族の形態の変化とお墓事情は、表裏一体。家族が終了するなら、お墓も終了しなくてはいけません。この分野の変化は、家族社会学の一大テーマであると同時に日本社会の構造的変化を明示するものです。今と近未来を生きる人たちは大なり小なりそれぞれの「家族終了」に立ち合うことになるでしょう。

私の墓じまいの顚末《てんまつ》は後ほどご説明をしますが、まずは本書を読み終えての感想から。

この本を読むまでは、酒井さんはうちの娘より十歳近く若い、恵まれたご家庭のご令嬢とばかり思っていました。ご両親ともさぞかし穏やかで上品で、ご本人は子ども時代から読書三昧、その流れでお好きな物書き稼業をやっているに違いない、と。

それが、あれほどの「火宅」のど真ん中にいたとは！　とにかくお母さまが性的に奔放なので、年齢の近い私はびっくり仰天。「うへぇ〜っ！」てなもんです。

お母さまは酒井さんが四十代の時にお亡くなりになったそうですが、生きていらしたら、私より七〜八歳下ということになるのでしょうか。私の友人でもけっこう「ご発展」の方がいましたが、酒井さんのお母さまほどのツワモノは、そうそうおりません。あっぱれと言うべきか――。

お父さまも、お母さまが他の男性とつきあうのを我慢していたようですから、たいした方だと思います。もちろん子どもの立場である酒井さんにしてみれば、いろいろ葛藤があったことでしょう。

さて、タイトルにもなっている「家族終了」。これは、まさに今の時代にぴったりな、だれにでもかかわり深い内容です。

日本の人口構成比を見ると、おそらく有史以来初の「家族・血縁の少ない」時代が到来しています。私はこれを、「ファミレス時代」と名づけました。その心は、ＦＡＭＩＬＹ（家族）がＬＥＳＳ（少ない）の時代。

酒井さんのお父さまや私のような昭和一桁生まれは、四〜五人きょうだいがいるのが当たり前でした。しかし、ひとりの女性が生涯に産む子どもの数を示す合計特殊出生率は、昭和一桁世代が成人して出産するころ、一九六〇年（昭和三十五年）には二・〇〇に。二〇二〇年時点では、一・三四まで下がってしまいました。二〇二一〜二二年はコロナの影響で、さらに下がると考えられます。

しかも二〇二〇年における生涯未婚率（五〇歳時未婚）は、男性二五・七％、女性一六・四％です。この傾向は今後も続き、二〇四〇年には、男性の三割が生涯結婚しないと予想されています。その結果、子どもはもちろん、甥《おい》や姪《めい》、いとこなどの親類も少ないファミレス時代が到来するのは自明の理。

かくいう私も、父方は四人きょうだい、母方は七人きょうだい。それぞれ三〜四人ほど子どもをもうけたので、私が育つ頃はいとこが四十人くらいいました。

私は三人きょうだいの三番目でしたが、姉も兄も感染症で早くに亡くなったので、実質的には一人っ子です。そして、私の娘も一人っ子。ですから娘はきょうだいもいなけりゃ、いとこも一人もいないし、当然、甥も姪もいないわけです。しかも還暦をすぎた娘は子なしシングル。わが一族、先細りどころか、完全に通行止めです。

こうした傾向は、今後、さらに増えていくでしょう。つまり本書で酒井さんが書かれている「家族終了」は、酒井家固有の問題ではなく、日本社会における普遍的な問題なのです。

さらにいえば、「逆縁時代」も始まっています。昔と違って子どもの数が少ないので、子どもが先に亡くなると、結果的に孫が祖父母の介護を担わざるをえないケースも増えています。その孫さえ、いない場合が少なくありません。いやはや、大変な時代になったものです。

どんな家族の一員として生まれ育ち、それを継承していくか。あるいは終了せざるをえないのか。一世代前までは当たり前のように家族が継承されましたが、私が生きているうちにかなりの比率で、家族が終了の方向に向かうでしょう。

ちなみに私は今、八十九歳です。その私が「生きているうち」というのですから、これはもう、緊急事態もいいところ。次の世代には、半数近くの家族が終了するかもしれません。

学者や専門家は、社会の変容とそこから起きる問題について、いち早く警鐘を鳴らす責務があると私は考えています。ですから私も何年も前から「ファミレス時代が来るぞぉ！」と大声を張り上げてきたわけですが、非力にしてなかなか世間に届きにくいのも実情。酒井さんみたいな有力な書き手が、私的な問題を糸口に多くの人に届く言葉でこのテーマに取り組んでくださることは、大きな意味があると思います。

そして本来、政治家や行政は、こうした状況にいち早く対応し、社会のための政策を打ち立てなくてはいけないはずです。ところがすべて後手後手というか、先送りしているというか――。もう、心許《こころもと》ないこと、この上ない。ですから危機的状況の今、いいタイミングでこの本が文庫化されたと思います。

そこでいよいよ、わが墓じまいの記。私は旧姓・柴田といい、父は名古屋のお寺の三男坊。東京で考古学者となりました。柴田一族のお墓は父の実家のお寺にも分骨してありますが、父は東京で知己を得たお寺さんに自分の墓を建てることに。そのお墓に、私の父と、母、後妻、姉、兄の五体の遺骨が眠っています。

私は最初の結婚で柴田恵子から樋口恵子になりましたが、夫は一九六三年（昭和三十八年）、わずか三十五歳で亡くなってしまいました。そこで夫のお骨をそのお墓に入れようと思ったら、「結婚して他家に嫁いで姓が変わった、そのお嬢さま本人ならまだしも、その相手方の婿さまの骨を入れるのはどうも」と、やんわり断られてしまいました。つまりお墓というのはきわめて保守的に、家父長制度の慣習にのっとって継承されてきたわけです。私は別に近郊の墓地を買い、分骨して夫の郷里の墓にも納めました。

人生後半で事実婚で再婚した夫は七十歳になる直前に亡くなりましたが、生前、自分の手で先祖代々の「墓じまい」をしました。私もそれにならい、このたび父が東京に建てたお墓の「墓じまい」をした次第。ちなみに、それなりの費用がかかったのは仕方がない、と思っています。

終了してしまう家族が多い今、お墓問題は社会問題と言ってもいいでしょう。わが墓じまいの経験を通して、たとえば二〇二一年に墓じまいした家が何軒あるのか、そういった調査も国や自治体にぜひやってほしいと感じました。

また、今や事実婚のカップルや、同性のパートナーのカップルも増える時代。姓が違ったら入れないなどという昔の家族制度を引きずっていたら、お墓そのものの存続はますます厳しくなります。なによりの問題は、空前のファミレス時代が到来しつつある今、死後いったいどこに納まればよいのか。もう少し社会問題としてとらえて、自治体も対策に乗り出すべきだと思います。

酒井順子さんの『家族終了』は、そうした社会学的な大テーマや家族関係のあり方の変遷を、あくまで個人の経験を切り口に書いておられる。面白く読める「日本現代家族関係論」と言ってもいいかもしれません。ぜひこの本を家族社会学のサブテキストとして多くの方に読んでいただいて、「家族終了時代」について、それぞれ考えていただければと思います。

酒井さんの家族終了が、一時停止、家族延長となったのは、父上母上が和解なさったわけではなく、別件の思いがけぬ理由からでした。

本文を熟読していただきたいと存じますが、それは母上にとっては姑《しゅうとめ》にあたる「おばあちゃん」を「みとる人」がいなくなってしまう——という母上の認識と、この年寄りを置いて自由の身にはなれない、という判断というか決意であったことに、私は感動しました。

その集団の中の最も弱い人を支える——それは物心両面において、家族を形成する一つの原点である、と思うのです。

（ひぐち・けいこ　評論家）

構成／篠藤ゆり

本書は、二〇一九年三月、集英社より刊行されました。
初出　集英社学芸編集部サイト「学芸・ノンフィクション」
二〇一八年一月〜九月
集英社ノンフィクション編集部サイト「よみタイ」
二〇一八年十月〜二〇一九年二月

本文デザイン／小口翔平＋加瀬梓（tobufune）

酒井順子の本

泡沫日記

初体験。それは若者だけのものではない。中年期は〝初体験ラッシュの第2ステージ〟なのだ。次々起きる初体験に戸惑いながら対応し、順応していく日々を記した日記風共感エッセイ。

集英社文庫

酒井順子の本

中年だって生きている

「中年ではあるが、おばさんではない」と思っている新種の中年＝バブル世代。人生百年の今、そんな女性たちの生態を鋭い視線で見抜き、赤裸々に綴った新・中年論。

集英社文庫

酒井順子の本

男尊女子

夫、旦那、パパ。結婚相手をどう呼ぶか？（「主人」）学歴や年収が男性より上だと、なぜ女性は負い目に感じるのか。（「高低」）あなたの中の〝男尊女卑〟意識に気づく20章！

集英社文庫

集英社文庫

家族終了《かぞくしゅうりょう》

2022年３月25日　第１刷　　定価はカバーに表示してあります。

著　者　酒井順子《さかいじゅんこ》

発行者　徳永　真

発行所　株式会社 集英社
東京都千代田区一ツ橋2-5-10　〒101-8050
電話　【編集部】03-3230-6095
【読者係】03-3230-6080
【販売部】03-3230-6393（書店専用）

印　刷　中央精版印刷株式会社　株式会社美松堂

製　本　中央精版印刷株式会社

フォーマットデザイン　アリヤマデザインストア　　マークデザイン　居山浩二

ISBN978-4-08-744362-2 C0195